La quête

La quête

Marina Leridon

©2022, Marina Leridon

Édition : BoD – Books on Demand, info@bod.fr
Impression : BoD – Books on Demand, In de Tarpen 42, Norderstedt (Allemagne)
Impression à la demande

ISBN : 978-2-3224-0595-4
Dépôt légal : Février 2022

Pour La Meute

Prologue

Une alarme sonne. Le métro parisien est lancé à pleine vitesse dans un tunnel. Il risque à tout moment d'entrer en collision avec une autre rame. Léo et ses amis, Luc et Antoine, doivent impérativement réussir à l'arrêter.

Le wagon est désert. Le sol est jonché de sacs abandonnés, de vieux papiers, d'habits sales à moitié déchirés, de journaux froissés. Les lumières au plafond clignotent. Les jeunes gens ressentent les vibrations dues à la vitesse.

Antoine se dirige vers la porte du fond. Les vitres séparant les voitures sont couvertes d'affiches. Le verrou est bloqué. Il distingue à peine une ou deux silhouettes.

Léo tape à la cabine du conducteur. Pas de réponse. Il n'aperçoit personne à l'intérieur. La ligne est automatisée depuis trois mois. Pas d'espoir de ce côté.

— On peut toujours essayer de tirer le signal d'alarme, non ?

Luc joint le geste à la parole et déclenche l'alarme qui retentit dans tout le wagon.

Chacun se met à fouiller dans les affaires éparpillées. Luc déniche une carte d'identité au nom de Schutz pendant qu'Antoine parcourt un manuel scolaire. La table des matières est en fait une liste de noms avec un chiffre au bout de chaque ligne. Luc lit par-dessus l'épaule d'Antoine :

— Là ! Regarde ! Schutz, page 2 : ça ne peut pas être un hasard.

Léo essaie d'ouvrir une mallette. Il cherche la clé en passant les mains dans les plis des banquettes. Au troisième, victoire : elle est coincée entre deux sièges. Il ouvre la mallette et trouve un morceau de papier avec le chiffre 7 écrit en gros et en rouge.

— Puisque nous sommes trois, il faut peut-être trois chiffres. Il en manque un.

Antoine est excité par cette aventure, lui qui adore résoudre des énigmes. Léo sent déjà l'angoisse monter. Luc, à son habitude, réfléchit avec calme.

Tous les trois scrutent la rame. Soudain, le regard de Luc se fixe sur un plan de métro quadrillé, fixé à la cloison. Ils sont montés à la station Cardinal Lemoine qui se trouve au croisement de la ligne 5 et de la colonne F.

— Je l'ai ! On fait quoi maintenant ?

Tous les trois se concentrent en arpentant le wagon. Que faire de ces chiffres ? Doivent-ils en trouver d'autres ? Tout à coup, les numéros sur les dossiers des banquettes accrochent le regard de Luc.

— Mais oui, c'est ça ! Les sièges sont numérotés. On peut essayer de s'asseoir chacun sur la place correspondante.

L'alarme leur vrille toujours les tympans alors qu'ils s'assoient. Luc sur le numéro 2, Antoine sur le 7 et Léo sur le 5. La porte du conducteur s'ouvre soudainement. Léo se précipite, bouscule ses amis.

— Bon, laissez-moi passer. Je vais l'arrêter ce métro.

Il tourne sur lui-même dans la cabine. Il aperçoit le levier du signal d'alarme de la cabine et tire dessus de toutes ses forces. Le bruit strident s'arrête enfin. Ils appuient sur tous les boutons mais la rame ne s'arrête pas. Luc ouvre un tiroir sous le tableau de bord et attrape le manuel pour l'arrêt d'urgence.

— Léo : tu appuies tes doigts sur les cinq boulons, au plafond, vers l'avant, à droite. Avec force. Antoine : tu attrapes les trois ficelles sous le tableau de bord et tires dessus, vers toi. Quant à moi…

Luc saisit deux manettes sur la console et les tourne l'une vers l'autre. Rien ne se passe. Il essaie à l'opposé.

Rien. Puis chacune dans un sens opposé. Le métro s'arrête. Tous les trois se regardent en riant, soulagés.

Soudain le regard de Léo se fige. Il se rue sur la porte et la claque violemment.

— Au feu ! Y'a le feu dans la rame !

Effectivement, une odeur de brûlé pénètre dans la cabine. Ils regardent par la vitre : la fumée a envahi le wagon. Ils sont coincés. Léo écarquille les yeux, sa respiration s'accélère. Luc n'est pas très fier. Antoine reste calme et appuie sur le bouton « porte » qu'il a déjà repéré.

Ils se précipitent à travers la fumée et sortent sur le quai. Ils sont toujours seuls au monde.

Sur leur gauche, un caddy bancal, sur trois roues, est rempli de vieux habits, de bouteilles, de chaussures, de sacs en plastique pleins à craquer, de journaux… Sur le mur en face d'eux, un distributeur de boissons fraîches. Aucune sortie visible. Léo recommence à paniquer. Il est tout pâle.

— Bon, on sort par où ? Il reste plus beaucoup de temps !

Antoine commence à s'énerver.

— Réfléchis et cherche au lieu de dire n'importe quoi !

Ils répandent le contenu du caddy sur le sol et fouillent dans les affaires. Ils trouvent quatre tee-shirts « Fruit of the Loom » tous identiques, propres, de quatre couleurs différentes dans un sac plastique.

— C'est bizarre, ces tee-shirts. Ils paraissent neufs.

Luc remarque que les couleurs correspondent aux étiquettes de certaines boissons dans le distributeur. Chaque produit est aussi identifié par un chiffre.

— Je crois qu'il faut taper les chiffres sur le clavier. Mais dans quel ordre ?

Léo regarde sa montre.

— Bon, plus que 50 secondes.

Ils essaient plusieurs combinaisons. La porte du distributeur, en réalité une vraie porte, s'entrouvre enfin. Léo se retourne radieux. Son coude cogne la porte et la referme.

— Bravo ! T'en loupes pas une, toi !

Antoine parvient à retaper le code du second coup. Ils ouvrent la porte en grand. Le maître du jeu les attend de l'autre côté avec un grand sourire.

— Félicitations ! Vous avez réussi à sortir dans le temps imparti : 59 minutes et 48 secondes.

Chapitre 1

En ce beau dimanche de juillet, Maryse et Jacques déjeunent sur leur terrasse avec leurs amis de toujours : Lucie et Henry. La chaleur est intense et Maryse se félicite d'avoir proposé des glaces pour la fin du repas. Elle n'aime pas trop préparer à manger et encore moins les desserts qu'elle rate les trois quarts du temps. Les enfants viennent de filer avec leurs coupes glacées pour jouer à des jeux vidéo et se raconter leur vie. Tous les sept forment une vraie famille et sont toujours contents de se retrouver. Mais les jeunes ont vite fait de se sauver à la fin du repas.

Lucie les regarde s'éloigner d'un air attendri :

— Ils sont beaux tous les trois, non ?

Jacques et Henry se regardent d'un air complice, l'air de dire « Ça y est, c'est reparti ! ».

— Vous vous rappelez quand ils étaient petits ? Ils étaient tout le temps fourrés ensemble.

Jacques fait un signe de tête à Henry. Les deux hommes se lèvent.

— Bon ben nous on va faire un tour, dit Jacques. Allez Rio, on y va !

Le Golden Retriever, mascotte de la famille, accoure en remuant la queue.

Les repas se terminent souvent comme ça : les femmes restent à papoter de tout et de rien (souvent des enfants…) et les hommes refont le monde en marchant le long de la Marne.

Maryse et Lucie sont bien contentes de pouvoir monopoliser, sans concurrence, les deux transats qui leur tendent les bras à l'ombre du grand chêne. Une très légère brise apporte un semblant d'air frais de temps à autre. Les feuilles brillent au soleil et de jolis reflets dansent devant le ciel bleu.

— Léo a l'air en forme, dit Lucie.

— Ah oui tout va bien : il est rentré de Norvège la semaine dernière. Il a adoré le pays. On a bien cru avec Jacques qu'il allait s'installer là-bas !

— Il a rencontré l'amour ?

— Non, je ne crois pas. Mais les paysages, la propreté, la mentalité des Norvégiens et les légendes autour des trolls l'ont envoûté. Il veut maintenant se lancer dans l'ouverture d'un Escape Game : c'est la grande mode. J'espère qu'il va enfin se stabiliser.

— Oui c'est une bonne idée. Ça marche fort ces trucs-là. Les miens m'en parlent souvent : ils en font régulièrement avec leurs copains. C'est devenu leur sortie préférée.

— Il a fait connaissance avec un français, en vacances là-bas, qui a créé un jeu d'évasion à Paris. Ils ont prévu de se revoir. Jules et Émilie ont l'air en forme aussi. Elle en voit le bout de ses études ta fille ?

— Oui ça y est, répond Lucie en souriant, c'est sa dernière année. Elle présente son mémoire en octobre et aura ses résultats mi-décembre.

— Elle est courageuse ! Et Jules ?

— Jules est toujours dans sa boîte de pub où il s'éclate en créant, entre autres, des publicités alléchantes pour des yaourts et du fromage blanc !

Les deux femmes pouffent de rire.

— L'essentiel c'est qu'il s'éclate. Il fait vraiment une chaleur étouffante. Je vais nous chercher à boire.

Lucie admire le pavillon de ses amis. C'est une maison moderne avec de grandes baies vitrées qui laissent entrer la lumière. En été, des stores discrets mais efficaces font barrage à la chaleur. La terrasse fait le tour de la maison. Plusieurs salons de jardin créent des ambiances différentes. Ils peuvent ainsi s'installer en fonction du temps et du vent sans subir les inconvénients de la météo.

À l'autre extrémité du jardin, Lucie aperçoit le cerisier. Ils sont venus un peu tard : il ne reste que quelques petites taches rouges dans l'arbre. Il faut dire que, cette année, la nature est particulièrement précoce : le réchauffement climatique sans doute…

Maryse revient avec un plateau sur lequel elle a posé deux verres, une carafe d'eau et du jus de pamplemousse. Elle sait que Lucie en raffole.

— Ah super ! Merci Maryse. Je suis vraiment contente qu'ils s'entendent toujours aussi bien tous les trois.

— Émilie et Léo sont très proches : je crois qu'ils connaissent tout l'un de l'autre.

— C'est normal : ils ont le même âge. Tu te rappelles quand on les posait tous les deux sur le canapé et qu'ils se regardaient d'un air enamouré, à même pas trois mois ? Je n'aurais jamais cru que Léo deviendrait si grand et si costaud. Il était tellement frêle à côté d'Émilie.

Jacques et Henry reviennent de leur balade.

— Ça vous dit un tarot, mesdames ?

— Oui, volontiers.

Chapitre 2

Les enfants se sont repliés dans le grenier. La chaleur y est insupportable, mais ils s'en moquent. Ils sont tellement contents de se retrouver, surtout Émilie et Léo. Jules aussi mais il a un peu de mal à trouver sa place entre ces deux-là. Pourtant il a à peine deux ans de plus qu'eux, mais on dirait des jumeaux tellement ils sont proches. Il s'est installé avec la console devant le dernier *Crash Bandicoot*. Ils en ont passé des heures sur ce jeu !

Léo raconte son voyage en Norvège.

— J'ai l'impression d'être parti pendant une éternité. Pourtant je ne suis resté que six mois là-bas.

Espiègle, Émilie s'approche de lui et le renifle en pouffant.

— Ça va. Tu ne sens pas trop le poisson pour quelqu'un qui a travaillé au Fish Market !

En riant, Léo la repousse sur les gros coussins qui recouvrent le sol.

— Tu as rencontré des trolls ?

Émilie a les yeux qui pétillent. Jules, soudain intéressé, tend l'oreille.

— Les trolls font vraiment partie de la vie et de la culture norvégienne, raconte Léo. Ces petits bonshommes sont présents partout : dans les magasins, les restaurants, les maisons… La route des trolls est vertigineuse mais avec des paysages tellement grandioses ! Personne les a jamais rencontrés mais les nombreux tunnels qui passent sous les montagnes sont en partie aménagés pour eux.

— Ah oui ! Et comment ça ?

Émilie fait un clin d'œil à son frère en souriant.

— Il existe des sortes de ronds-points dans les tunnels. Ceux-ci sont tellement importants et étendus que les routes se croisent. Les ronds-points sont éclairés avec des spots de toutes les couleurs : on les appelle des manèges à trolls. Les espaces aménagés pour pouvoir s'arrêter en cas de problème sont éclairés de la même façon : les Norvégiens disent que ce sont des boîtes de nuit pour les trolls. Tu vois : c'est bien la preuve qu'ils existent !

Tous les trois se regardent en riant. Cela leur fait un bien fou et les ramène des années en arrière.

— Et maintenant, tu vas faire quoi ? demande Jules.

— J'ai envie d'ouvrir un Escape Game dans Paris ou à proximité.

— C'est cher un local à Paris. Et tu as déjà choisi le thème ?

— J'ai des idées mais c'est trop tôt pour en parler... Et si on parlait un peu de vous ? Toujours dans la pub, Jules ?

— Eh oui ! En ce moment, ce sont les yaourts et le fromage blanc... Si je m'en sors bien, mon boss m'a promis que je pourrais participer au prochain spot publicitaire pour une voiture Renault. Avec un peu de chance, je pourrais essayer une Alpine : on peut toujours rêver, non ?

Jules regarde Léo qui semble tout à coup parti bien loin, en dehors du grenier. Ses yeux sont rivés sur le Velux. Jules se penche mais ne voit qu'un ciel tout bleu sans même un nuage à l'horizon. Il regarde Émilie d'un air interrogateur. Celle-ci hausse les épaules, l'air de dire « T'inquiète, ça va passer ». Jules discerne une trace d'inquiétude au fond de ses yeux.

Elle agite les mains devant le visage de Léo. Il donne l'impression de tomber du ciel et, comme si de rien n'était :

— Excuse-moi Jules, j'ai pas entendu ce que tu m'as dit.

— Il t'a expliqué qu'il fait des pubs pour des yaourts et bientôt pour une voiture, s'agace Émilie.

— Ah c'est cool ! Bon, et toi, tu finis bientôt ?

Tout en discutant, Léo a l'air un peu absent comme s'il n'était pas tout à fait revenu parmi eux.

— Dans cinq mois, je serai libre ! Je vais enfin pouvoir prendre du bon temps et arrêter d'étudier.

— Tu devais pas faire trois ans de stage en entreprise après ton diplôme ?

— Si, mais je peux le faire plus tard. J'ai vraiment besoin d'une pause maintenant. Et il faut que je réfléchisse à ce que j'ai réellement envie de faire. Je ne suis pas sûre que l'expertise comptable soit le but de ma vie !

— Je te comprends…

Chapitre 3

Émilie et Léo se retrouvent le lendemain à la salle de sport. Lucas, le copain d'Émilie, lui a fait découvrir le Cross Fit deux ans auparavant. Depuis, ils y vont tous les trois, deux fois par semaine et se retrouvent sur place, en fonction de l'emploi du temps de chacun. Aujourd'hui, ils ne sont que tous les deux.

Peu sportive, Émilie ne pensait jamais réussir dans cette discipline. À sa grande surprise, elle a tout de suite adoré l'intensité des entraînements et la diversité des exercices : tirer, lancer, soulever, pousser, sauter avec du matériel varié : haltères, sangles, barres de traction, kettlebells…

Les temps morts sont bannis d'une séance de Cross Fit. La convivialité fait partie intégrante de cette discipline : chacun est aussi là pour encourager, aider et féliciter l'autre.

Émilie arrive la première à la salle et commence à s'échauffer. Léo la rejoint. Il n'a pas l'air dans son assiette.

Mais, la séance ne laisse pas de temps au bavardage. Ils se retrouvent dehors à la fin de l'entraînement et décident d'aller boire un verre chez *Lulu et Marcel*.

Ils s'installent sur la terrasse. Cette brasserie parisienne a le charme désuet des années d'après-guerre. Les murs et le plafond sont en bois. Des bouteilles de vin, d'anciennes boîtes de bouillon ou de sucre sont exposés. Une épicerie, un bureau, une pâtisserie sont reproduits dans différents endroits de la salle.

Émilie commande un thé glacé. Léo prend une limonade. Ils se seraient bien laissés tenter par une glace, mais la gourmandise ne fait pas bon ménage avec le sport.

— Tu avais l'air un peu absent hier. Tu vas bien ?

Émilie a toujours en tête la dépression qui a failli détruire son ami quand ils avaient treize ans. Dès qu'elle sent une baisse de moral ou remarque une attitude un peu bizarre chez Léo, elle s'inquiète. Elle s'en passerait bien mais c'est plus fort qu'elle.

— Oui, oui, t'inquiète. Il me faut juste un peu de temps pour me remettre de mon voyage en Norvège. J'ai vraiment adoré ce pays et je n'exclus pas d'aller y vivre un jour. La vie en France me paraît bien insipide.

— Je comprends, ça m'a fait un peu la même chose quand je suis revenue de mon semestre Erasmus en Suède. Mais j'ai vite repris pied car j'avais mes cours et mon chéri qui m'attendait avec impatience. Le problème c'est que tu n'as rien qui t'attend ici. Tu es toujours en transit le temps de gagner de l'argent pour pouvoir repartir à l'étranger. Tu dois vraiment te poser un peu et construire quelque chose de pérenne même si c'est dans un autre pays. Et côté amour, tu en es où ? demande-t-elle d'un air malicieux.

— J'attends toujours le coup de foudre qui me poussera à me poser quelque part…

— Ça viendra quand tu t'y attendras le moins.

Émilie sourit en pensant à sa rencontre avec Lucas.

— C'est sûr, mais tu as raison : à vingt-cinq ans il est temps que je me pose. Mon idée d'Escape Game fait son chemin lentement mais sûrement. D'ailleurs, j'ai rendez-vous avec Joe demain. Tu sais ? Je t'en ai parlé. C'est lui qui gère un Escape Game à Paris.

— Ah oui ! Je m'en souviens.

— Samedi nous avons fait celui qui se passe dans le métro avec Luc et Antoine. J'ai adoré même si j'ai pas pu m'empêcher de flipper…

— Tu changeras jamais ! Ils ont dû bien se marrer…

— Ah oui, ils se sont bien amusés ! En parlant de flipper, j'ai fait un rêve étrange l'autre nuit. J'avais trouvé un crâne en or dans les catacombes. Ça faisait un buzz incroyable. J'étais devenu une célébrité, super riche en plus, du jour au lendemain dans tout le pays ! Mais je me faisais plein d'ennemis : beaucoup étaient jaloux de ma chance. Au moment où j'allais me faire attaquer dans une ruelle, je me suis réveillé en sursaut. Je peux te dire que j'ai eu du mal à émerger complètement. Ce rêve m'a habité presque toute la journée. Rien que d'en parler, mes poils se dressent.

Émilie pose sa main sur celle de Léo.

— N'y pense plus. Ce n'était qu'un rêve. Parlons d'autre chose. J'ai regardé une super série la semaine dernière : le Jeu de la Dame. Je suis sûre que ça te plaira. C'est une petite fille qui apprend à jouer aux échecs et s'avère être surdouée. La série raconte sa vie et son parcours avec les échecs. Le réalisateur a réussi la prouesse de faire des échecs le « personnage principal » tout en les reléguant au second plan.

— OK je regarderai. On y va ?

Émilie regarde sa montre, hoche la tête et se lève. Ils paient au comptoir et reprennent la ligne 6 du métro pour rentrer chacun chez soi.

Comme toujours, Léo a l'impression de revivre. Grâce à cette séance de sport, il a repris ses esprits. Il ne l'avouerait pour rien au monde, mais il perd parfois le contrôle. Il a l'impression d'être dans un jeu vidéo. Son esprit s'égare dans une aventure imaginaire et, soudain, il revient à la réalité. Ses symptômes sont complètement différents de ceux de sa dépression. Mais il ne sait pas s'il doit s'en réjouir. La dépression, il connaît. Mais là…

Chapitre 4

Léo arrive à temps pour le dîner. Depuis son retour, il habite chez ses parents. Même s'il aimerait avoir son appartement, les bons petits plats que maman lui concocte sont bien agréables et ne le poussent pas à partir. Aujourd'hui, il se dit qu'il aurait dû traîner plus longtemps dehors. D'habitude, il aime bien ces repas pris tous les trois. Ils échangent et se font des confidences. Surtout après tout ce qu'ils ont vécu.

Léo est né prématurément, à sept mois et demi. Il est resté trois semaines à la clinique. Sa mère n'a jamais pu avoir d'autre enfant.

Ils ont réussi à surmonter ce traumatisme tous ensemble. Ses parents l'ont surprotégé, surtout sa mère. Il leur est très attaché mais est malgré tout indépendant : il faut croire que c'était déjà dans ses gènes.

Puis vers onze ans, alors qu'il venait de rentrer en sixième, il a commencé à se sentir mal à l'aise, différent. Tout le monde a mis ça sur le compte du changement de vie au collège. L'année s'est passée malgré tout sans trop de difficultés. Il avait de bons résultats et quelques copains.

En cinquième, les résultats étaient encore corrects. Mais Léo était mélancolique, voyait moins de copains en dehors du collège. Les notes ont commencé à dégringoler au premier trimestre de la quatrième. Sans raison apparente : ses copains l'appréciaient, les filles lui couraient après, les professeurs savaient qu'il avait du potentiel et essayaient de le remotiver.

Mais rien à faire, le spleen ne le quittait plus. En janvier, ses parents ont vraiment commencé à s'inquiéter. Il était de plus en plus morose, mangeait de moins en moins, évitait ses copains. Le professeur principal les a convoqués tous les trois. Léo ne participait plus en classe, il s'endormait parfois en cours. Désemparés, sur le conseil de leur médecin, Maryse et Jacques l'ont emmené chez une psychothérapeute. Il se souvient de cette femme et de son visage toujours illuminé par un grand sourire. Tout était rond chez elle : sa tête, son nez, ses hanches et … ses fesses ! Léo sourit à cette idée. Il y est allé pendant six mois, à raison d'une séance toutes les semaines. Elle a gagné sa confiance en lui parlant de sa propre vie : son mari, ses jumeaux, les concerts. Sa musique préférée était le rock. Ils avaient de grandes discussions à ce sujet.

Un dimanche matin, il est descendu dans la cuisine. Il s'est installé tranquillement devant son petit déjeuner et a annoncé à ses parents qu'il avait quelque chose d'important à leur dire.

Ses séances avec la psychothérapeute lui avaient permis dans un premier temps d'identifier la raison de son mal-être, dans un second temps d'apprendre à vivre tel qu'il est : homosexuel. Tout son corps, son visage se sont détendus quand il a enfin prononcé ce mot devant ses parents. Il a poussé un gros soupir et son visage s'est illuminé. Ils l'ont senti immédiatement libéré d'un grand poids.

Mais lui a vu leurs corps se figer et l'inquiétude apparaître au fond de leurs yeux. Cela n'a duré que quelques secondes et ils se sont jetés sur leur grand gaillard pour le serrer dans leurs bras.

Même si Maryse et Jacques se proclamaient ouverts et sans a priori sur beaucoup de choses, ils ont avoué par la suite à Léo qu'ils avaient eu un choc. Ils n'avaient rien remarqué et ne s'attendaient pas à cette déclaration. Ils l'ont assuré de leur indéfectible amour. Le plus important pour eux était qu'il trouve un sens à sa vie et rencontre un compagnon.

À compter de ce jour, Léo s'est épanoui progressivement, les résultats scolaires sont devenus meilleurs. Il a coupé les ponts avec ses soi-disant amis qui n'admettaient pas son homosexualité.

Les discussions avec ses parents n'étaient ni plus ni moins que les discussions d'un adolescent avec ses parents. Mais Léo a un rêve : offrir un petit-fils ou une petite-fille à ses parents.

Ce soir, Maryse est partie pour revenir sans fin sur le passé. C'est souvent comme ça lorsqu'ils déjeunent avec la famille d'Émilie. Les souvenirs remontent… Mais Léo n'est pas d'humeur à ressasser tout ça. Il dévore son dîner, prétexte qu'il est épuisé et monte se coucher.

Son casque sur les oreilles, il s'affale sur son lit au son de Gimme All Your Lovin des ZZTop. Ce groupe de rock américain des années 1970/1980 l'a aidé à passer beaucoup de périodes difficiles. Les barbus au chapeau de cowboy restent l'un de ses groupes préférés.

Il passe sa soirée sur Facebook. Demain, c'est promis, il avancera sur son projet d'Escape Game.

Chapitre 5

Léo a rendez-vous avec Joe, le gérant d'un des Escape Game les plus fréquentés de Paris. Ils se sont rencontrés en Norvège chez des amis communs et ont tout de suite sympathisé. Joe visitait différents jeux d'évasion pour s'en inspirer. Léo en a découvert le principe grâce à lui. Ils sont allés à plusieurs sauver l'humanité au cœur du royaume d'Israël dans l'aventure « Isriket » dans un des plus grands sites d'Oslo.

Aujourd'hui, ils se retrouvent dans l'une des salles de Joe, non loin du métro Châtelet. Ils ont rendez-vous à dix heures avant l'arrivée des premiers clients.

Léo arrive devant le numéro de la rue indiqué par Joe. C'est une petite rue parisienne avec de vieux immeubles de part et d'autre. Une porte cochère plus ou moins somptueuse cache souvent l'entrée de ces bâtiments. Celle-ci est d'un bleu cobalt un peu passé. Des cônes en fer ornent chaque battant. Pas d'affiche, pas de publicité. Seule une photo en ombre chinoise de Sherlock Holmes sur l'interphone indique que c'est le bon endroit. Léo sonne, s'annonce et entre dans une cour pavée. De nombreux pots avec des plantes variées et fleuries accueillent le visiteur. Un vélo attend sagement son propriétaire, sans antivol. Du côté qui doit être le plus ensoleillé, des plantes poussent dans un petit potager construit avec quatre planches de bois. On y trouve surtout des aromates, des tomates et quelques salades. Un bouddha trône sous une fenêtre.

— Hello !

Joe sort du bâtiment tout au fond.

— Tu n'as pas eu trop de mal à trouver ?

— Non, mais c'est surprenant… on ne se croirait vraiment pas en plein Paris. Et c'est très confidentiel !

Léo admire les façades salies par le temps et les balconnières de géraniums à toutes les fenêtres.

— C'est fait exprès : pour mettre les gens dans l'ambiance. Ils éveillent leur cerveau avant même d'entrer ! Et encore : je suis venu t'accueillir. D'habitude ils doivent aussi chercher l'entrée de la salle. Suis-moi.

Léo lui emboîte le pas. Ils arrivent devant une porte anonyme, toujours pas de grandes affiches. Au-dessus de la sonnette, une nouvelle photo. Cette fois, c'est le Docteur Watson qui adresse un clin d'œil aux arrivants. Ils entrent dans une grande pièce.

— Un café ?

— Oui. Merci.

— Installe-toi là. J'arrive.

Joe lui désigne les fauteuils en cuir. Des bibliothèques remplies de livres tapissent les murs. Léo parcourt les étagères du regard et tombe sur la collection complète de … Conan Doyle bien sûr ! Un peu plus loin, ce sont celles d'Agatha Christie, Maurice Leblanc et même Le Club des Cinq et Le Clan des Sept. Léo lit beaucoup de romans policiers mais il ne connait pas les deux dernières collections.

Curieux, il prend un volume du Club des Cinq et s'installe dans un des fauteuils. Il se laisse absorber par le cuir souple et pousse un soupir d'aise. Il commence à lire. C'est l'histoire de cinq cousins qui mènent des enquêtes. Ces livres ont un peu vieilli mais Léo devine le plaisir qu'ils ont pu procurer à de jeunes lecteurs.

Joe réapparaît avec les cafés.

— Alors, que penses-tu de ma bibliothèque ?

— Splendide ! Je passerais volontiers plusieurs après-midis ici.

Joe se pose dans le fauteuil en face de Léo.

— Tu as avancé sur ton projet ? C'était encore très vague quand tu m'en as parlé au téléphone.

— Ça commence à prendre forme dans mon esprit mais j'ai besoin de renseignements pratiques : n'y a-t-il déjà pas trop de salles ? La réglementation doit être draconienne ? Quel public viser ? Et cetera…

— Le concept s'est d'abord développé au Japon en 2007. Il a été importé en France en 2016. En quatre ans, le nombre d'Escape Game créés est impressionnant : je crois qu'il y en a plus de deux cents rien que sur Paris.

Léo ouvre de grands yeux. Il ne pensait pas avoir autant de concurrents…

— Ah oui, quand même… Et tu n'as pas eu de difficultés ?

— Non aucune. En fait, le principal problème est que c'est une activité « one shot ». Une fois qu'on a résolu l'énigme, cela n'a pas d'intérêt de revenir. La concurrence n'existe donc pas au sens classique du terme. À partir du moment où tu inventes une histoire différente des autres, tu es sûr d'attirer du monde, même de tous âges si ton aventure s'y prête. La seule limite est ton imagination. Tu dois rapidement proposer plusieurs salles. Ensuite tu te crées un réseau pour envoyer les clients d'un espace à l'autre : nous devons nous faire mutuellement de la publicité. Je te conseille d'en tester plusieurs avant de te lancer pour voir ce qui existe déjà et faire connaissance avec les propriétaires ou les gérants. Tu as le choix : soit ouvrir ta propre affaire soit être franchisé.

— C'est quoi la différence entre les deux ?

— Si tu te lances tout seul, tu seras entièrement libre de tes choix pour la scénographie et l'intrigue. Si tu es franchisé, le franchiseur aura un droit de regard sur tout ça. En contrepartie, tu bénéficieras d'une aide logistique et matérielle, ce qui est loin d'être négligeable quand on démarre. Tu auras aussi l'avantage d'avoir un nom derrière toi. Ce sera plus facile pour demander un prêt à la banque.

Léo se gratte la tête, l'air perplexe.

— Tu es franchisé toi ?

— Oui j'ai préféré profiter de leur nom et de leur appui. Mais attention ! J'ai de la chance : ils m'ont aidé mais me laissent libre de gérer mon affaire comme je l'entends du moment que je rapporte de l'argent, bien sûr. Je te conseille de rencontrer plusieurs franchiseurs pour « sentir » comment ils se comportent et si ça te convient.

— Ça marche bien ? Tu as du monde ?

Joe se rengorge et sourit.

— Je n'ai pas à me plaindre. Je suis en contact avec les banques pour le financement d'une deuxième salle.

— Et la réglementation ?

— Elle est assez complexe pour les Établissements Recevant du Public (ou ERP en langage administratif). Il y a énormément de règles concernant la sécurité. Le franchiseur, si tu choisis cette solution, pourra t'aider dans ce domaine. Attention : si tu comptes aussi vendre des boissons, alcoolisées ou non, et un peu de nourriture, d'autres législations s'appliqueront en plus. Il ne te reste plus qu'à élaborer ton business plan pour aller demander un financement à la banque !

— Je pensais que ce serait plus simple que ça ! Je ne suis pas sûr de me dépatouiller de tous ces tracas.

— Mais non, tu verras. Le parcours est long et il faut respecter un certain ordre dans ta préparation. C'est encore un marché porteur alors il faut en profiter. Je t'enverrai des adresses où tu pourras avoir des renseignements et des aides. De toute façon, si tu veux être entrepreneur, quel que soit le domaine, tu devras être patient et dynamique. Mais ça vaut le coup. Regarde !

Joe balaie de la main la pièce où ils sont confortablement installés.

— Oui c'est vrai. Tu as mis combien de temps à créer ton affaire ?

— Entre le moment où j'ai réellement entamé mon projet et celui où j'ai ouvert, huit mois se sont écoulés. Mais j'y ai consacré toutes mes journées et beaucoup de nuits !

— OK merci pour toutes ces infos. Je vais commencer à monter mon dossier. J'ai déjà amorcé l'écriture de l'aventure que je proposerai.

— Quand tu auras avancé, appelle-moi et je t'aiderai à démêler les fils de l'administration.

Ils discutent encore un peu puis Léo repart, la tête pleine de tous ces renseignements.

Chapitre 6

Dans la cour, Léo croit entendre le tonnerre. Les grondements résonnent bizarrement au milieu des immeubles : ils sont à la fois proches et lointains.

Dès qu'il se retrouve dans la rue, il reçoit une véritable douche. L'orage était prévisible avec la chaleur de ces derniers jours.

En deux temps, trois mouvements ses habits sont entièrement trempés. Il ne songe même pas à rebrousser chemin pour se mettre à l'abri.

Dès qu'il voit un éclair, il s'arrête et guette le prochain coup de tonnerre. Il compte les secondes entre les deux : il paraît que cela indique la distance à laquelle se trouve l'orage. Une seconde égale un kilomètre. Il avance comme ça, par à-coups, au rythme des zébrures dans le ciel. Il semble insensible aux éléments. Il fait sombre comme si la nuit s'apprêtait à tomber, pourtant il est midi.

Tout le monde court se mettre à l'abri. Les parapluies sont abandonnés. Certains traînent sur le sol, les baleines tordues, d'autres s'envolent quelques mètres plus loin : avec le vent et la force de la pluie, c'est ingérable ! Personne ne regarde cet étrange garçon qui s'arrête et repart. Il n'a pas l'air de réaliser l'état dans lequel il est. Ses cheveux forment un rideau devant ses yeux, sa veste ressemble à un morceau de chiffon informe, son pantalon manque de tomber avec le poids de l'eau et ses chaussures émettent un *flic flac* dès qu'il lève un pied.

Léo est toujours aussi imperturbable. Il avance droit devant lui, contourne machinalement les obstacles sans réellement les voir : ici un container à ordures, là un potelet... Une petite fille tombe juste devant lui. Il n'a même pas le réflexe d'aider la maman à la relever. Il se contente de descendre du trottoir pour l'éviter. Il continue dans la rue. Heureusement il n'y a ni voitures ni vélos : impossible d'y voir quoique ce soit avec cette tempête. La marche à pied ou les transports en commun sont encore les plus sûrs moyens d'arriver à bon port.

Il déambule comme ça pendant presque une demi-heure. Les éclairs et le tonnerre disparaissent aussi vite qu'ils sont apparus. L'averse baisse d'intensité. De grosses flaques d'eau subsistent un peu partout. Les égouts débordent. Enfin, la pluie s'arrête.

Léo avance toujours comme un fantôme. Soudain, il stoppe, regarde le ciel et tend l'oreille. Il a l'air tout étonné. Il regarde autour de lui, les yeux écarquillés. Il ne reconnaît pas les rues autour de lui. Il prend son téléphone dans la poche de sa veste. Celui-ci s'est éteint et refuse obstinément de se rallumer. Léo s'acharne : il a besoin du GPS pour retourner chez lui. Il est complètement perdu, ne se souvient même plus de ce qu'il fait dans le quartier.

Il se laisse tomber dans le caniveau et pleure. On dirait une poupée de chiffon. Il sanglote de plus en plus fort. Plus personne ne passe : tout le monde s'est mis à l'abri. Il se sent seul au monde. Il tremble de tout son corps, s'enlace en geignant.

Soudain, quelqu'un pose une main sur son épaule :

— Monsieur ? Monsieur ? Ça va ? Vous voulez que je vous aide ?

Léo grogne plutôt qu'il ne parle et agite ses mains dans tous les sens comme s'il voulait que l'homme le laisse tranquille. Mais celui-ci insiste :

— Allez, relevez-vous. Vous allez attraper la mort.

Léo refait des moulinets avec ses bras et fixe l'inconnu d'un air agressif. Celui-ci hausse les épaules et poursuit sa route.

Léo reprend peu à peu ses esprits. Il se relève, regarde le nom de la rue où il se trouve. Un panneau indique la bouche de métro la plus proche : six stations de RER et il sera chez lui. Il a l'habitude.

Assis sur la banquette, il se remémore sa journée. Son rendez-vous avec Joe était intéressant. Mais il ne s'imaginait pas que c'est si compliqué d'ouvrir un Escape Game. Il va vraiment devoir s'impliquer à fond et laisser de côté les loisirs. Fini la grasse matinée ! Par contre, il n'arrive pas à se rappeler ce qu'il a fait depuis qu'il a quitté son ami. Il est épuisé. Un peu comme s'il avait couru un cent mètres. Et complètement trempé en plus !

Quand il arrive chez lui, il est soulagé à la fois de retrouver son cocon et parce que la maison est vide. Ses habits se sont un peu égouttés sur le trajet mais il est dans un piteux état. Et surtout : il n'a plus de téléphone. Celui-ci a pris l'eau et refuse toujours de fonctionner. Il a lu quelque part qu'il faut l'immerger dans du riz pour que l'humidité sorte. Il l'essuie soigneusement, passe un coup de sèche-cheveux à peine tiède et le met dans une boîte remplie de riz.

— Bon. Ça va mettre des jours à sécher, bougonne-t-il.

Il caresse machinalement Rio, venu lui dire bonjour et monte péniblement les marches pour se rendre dans la salle de bain. Il abandonne ses habits en tas dans un coin et file sous la douche pour se réchauffer.

L'eau chaude a délassé son corps mais Léo se sent mal à l'aise. Une petite boule d'angoisse est ancrée dans son ventre. Il enfile un caleçon et un tee-shirt et s'allonge sur son lit. Les yeux rivés au plafond, il n'arrive toujours pas à se souvenir de ce qu'il a fait en sortant de chez Joe. Des flashs lui reviennent : l'immense bibliothèque, les fauteuils si moelleux, les rideaux de pluie, les parapluies qui volent, l'homme qui tente de l'aider. Tout cela s'embrouille dans sa tête. Il ne comprend pas ce qui lui arrive. Ses mains tremblent. Soudain ses yeux se ferment. Il dort.

Chapitre 7

Maryse rentre à 16 heures 30, contente de rentrer tôt pour une fois. Son métier de sage-femme la passionne mais il est très prenant et parfois imprévisible. Elle est souvent obligée de faire des heures supplémentaires. Ses chaussures soigneusement rangées dans le meuble prévu à cet effet, elle pose ses clés dans le vide-poche et décide de se préparer une bonne citronnade et de profiter du jardin en attendant « ses hommes ».

Alors qu'elle se dirige vers la cuisine, des traces d'eau sur le carrelage attirent son regard. Il y en a même dans l'escalier. Elle les suit jusque dans la salle de bain où les habits de Léo jonchent le sol. L'odeur d'humidité a envahi la pièce.

— Il faut vraiment qu'il apprenne à ranger ses affaires, marmonne-t-elle, et en plus tout est trempé. Allez hop, dans la machine ! Léo ? ... Léo ? Il est encore parti.

Le bruit de l'eau qui arrive dans la machine l'empêche d'entendre si quelqu'un lui répond ou non. En se dirigeant vers l'escalier pour rejoindre la cuisine, elle jette un coup d'œil dans la chambre de son fils. Il est affalé sur le lit, endormi. Une boîte pleine de riz est posée à côté de sa table de chevet sur la moquette. Rio, couché au pied du lit, regarde Maryse d'un air malheureux. Il gémit comme pour lui dire que quelque chose ne tourne pas rond.

— Léo ? Ça va ?

Pas de réponse. Maryse commence à se sentir mal à l'aise avec toutes ces petites choses bizarres. Léo ne dort jamais dans la journée sauf quand il fait une nuit blanche la veille et encore…

Elle ne voit que son dos. Il est tourné vers le mur, les jambes repliées, les bras croisés sur la poitrine. Elle attrape son épaule et le secoue. Pas de réaction. Son cœur se serre. Elle continue de le secouer. Elle crie : « Léo ».

Le jeune homme s'assied brutalement, comme un diable sort de sa boîte. Il regarde sa mère d'un air hébété, les posters des ZZTops, son bureau avec son PC portable dessus, son placard ouvert avec les habits empilés en vrac, le cerisier dans le jardin, sa guitare, de nouveau Maryse. Visiblement, il ne sait plus où il est.

— Léo ! Réponds-moi, mon chéri !

Sa voix monte dans les aigus, tout son corps tremble. Elle est obligée de s'assoir sur le bord du lit.

Que lui arrive-t-il ?

Elle n'a jamais vu son fils dans cet état. Son cœur se serre. Comme d'habitude, elle imagine le pire. *Il a bu. Il s'est drogué. Il est devenu fou. Je dois appeler les secours !* Son ventre se tord. Sa tête commence à tourner. Les yeux de Léo s'arrêtent tout à coup sur la boîte pleine de riz. Il reprend ses esprits brusquement. Son attention se fixe sur sa mère. Ses sourcils se froncent.

— Qu'est-ce que tu fais là, maman ?

Maryse sent les larmes couler à la fois de soulagement et d'inquiétude. Elle le serre fort dans ses bras. Il ne comprend pas ce qui se passe mais attend qu'elle se calme.

— Il est arrivé quelque chose ? Papa a eu un accident ?

— Non, non. Qu'as-tu fait ce matin ?

— Je suis allé voir un ami. Il m'a donné des conseils pour mon Escape Game. Pourquoi ?

Elle le regarde, incrédule.

— Mais il y a des traces d'eau partout, ton linge trempé est en tas dans la salle de bain, je n'arrivais pas à te réveiller et il y a cette boîte de riz là… J'ai eu si peur !

— C'est rien. Il pleuvait quand je suis rentré. Mon téléphone a pris l'eau alors je l'ai mis dans du riz pour le sécher. Pas de quoi s'affoler. Je vais travailler sur mon projet maintenant.

— Mais tu avais l'air complètement à l'ouest quand je t'ai réveillé.

Léo, embarrassé, se lève et fait les cent pas dans sa chambre. Il connait sa mère : elle s'inquiète vite. Il n'a pas envie de lui raconter la vérité, de lui parler de ses absences. Pourtant, ses réactions de ces derniers jours commencent à l'inquiéter lui aussi. Son cerveau semble se déconnecter et le laisser dans un état second. Il ne sait pas ce qui se passe pendant ces absences. Pour l'instant, rien n'est arrivé mais qui sait ce qui pourrait se produire. Vu l'état de sa mère, il préfère se taire.

— Je dormais profondément. Je crois que j'étais au milieu d'un rêve où je me battais mais c'est flou. C'est bon, je vais bien. Ne t'inquiète pas. Je dois vraiment bosser.

Il s'approche d'elle et lui fait un énorme bisou sur la joue, accompagné de son sourire si désarmant.

— D'accord je te laisse.

Maryse sort à regret de la chambre. Elle sent bien qu'il a besoin d'être seul et ne lui en dira pas plus. Elle ne comprend pas toujours ses réactions. Après tout, c'est un jeune homme et il n'est pas obligé de tout lui raconter.

Mais aujourd'hui, elle sent qu'il y a autre chose. Elle décide quand même de ne pas en parler à Jacques. Que pourrait-elle lui dire ? Leur fils est rentré sous une averse et elle l'a réveillé au milieu d'un cauchemar. Pas de quoi s'affoler. Il va encore se moquer de sa *sensiblerie*, comme il dit.

Au dîner, ni l'un ni l'autre ne mentionne l'incident. C'est comme un pacte secret. Léo est souriant et plein d'attentions pour sa mère.

Je me suis encore affolée pour rien. Il a l'air bien ce soir.

Elle prend sur elle et se détend au fil du repas. Léo explique à son père l'histoire du téléphone immergé dans le riz. Jacques n'a jamais entendu parler de ça et se moque gentiment de lui. La journée se termine dans la bonne humeur.

Au moment d'aller se coucher, Léo les informe qu'il ira dîner chez sa grand-mère le lendemain soir et dormira sûrement chez elle.

— Ne vous inquiétez pas si vous ne me voyez pas rentrer, dit-il en jetant un regard appuyé à sa mère. Surtout que j'sais pas si mon téléphone remarchera... Bonne nuit.

Il les embrasse tendrement et monte les escaliers quatre à quatre pour rejoindre sa chambre. Son insouciance a repris le dessus. Les mésaventures de la journée semblent bien loin…

Toutes les informations fournies par Joe ainsi que ses propres idées sont retranscrites dans le dossier de son projet. Le rétroplanning, indispensable pour ne rien oublier, est rempli petit à petit avec les différentes étapes. Léo hésite sur les échéances. Certaines lui paraissent simples à respecter : prendre rendez-vous avec la banque, déclarer son activité à la préfecture… Il en a plein d'autres si les délais sont trop longs. Par contre, le choix entre la franchise et l'indépendance, primordial, est compliqué. L'appui d'un franchiseur lui faciliterait la tâche notamment pour obtenir un prêt à la banque. Mais il n'est pas prêt à avoir quelqu'un sur le dos. Il décide de repousser sa décision à plus tard.

Attention : Joe a mis huit mois avant d'ouvrir sa salle. Ce serait surprenant que je réussisse en moins de temps. Allez, je vais prévoir dix mois. Pour être sûr…

Les cases de son ficher ne se noircissent plus. Il se sent à nouveau épuisé mais content d'avoir avancé sur son projet. Le jeune homme ne résiste pas et se glisse sous la couette pour passer une bonne nuit.

Je continuerai demain, pense-t-il avant de sombrer.

Chapitre 8

Léo se réveille en pleine forme. Il est content d'aller chez sa grand-mère un mercredi, comme quand il était petit. Les évènements de la veille lui paraissent loin. Ils étaient sûrement dus à la fatigue qu'il ressent souvent ces derniers temps. Il doit se reposer et tout ira bien. Son petit déjeuner l'attend sur la table de la cuisine. Maryse a gardé cette habitude de tout lui préparer même s'il a passé l'âge. La maison est vide. Seul Rio est répandu, à son habitude, sur le tapis du salon. Dès qu'il voit Léo, il lui fait la fête. Il le regarde de ses grands yeux marron, l'air de dire : « Je t'adore ». Ses parents lui ont acheté ce Golden Retriever pour l'aider à surmonter son mal-être pendant sa dépression. Tous les deux sont tout de suite devenus complices. Le chiot se blottissait contre Léo surtout quand il allait mal, comme s'il devinait ses émotions. Le jeune garçon a passé des heures entières à caresser le doux poil beige de la petite peluche en écoutant les ZZTops. Aujourd'hui, Rio se fait vieux mais réconforte toujours Léo dans les moments difficiles.

Celui-ci s'installe devant son ordinateur pour décrire le thème de son Escape Game. Il veut partir du rêve qu'il a raconté à Émilie : le but sera de retrouver un crâne en or dissimulé dans les catacombes. Dans chaque pièce sera caché un nombre obtenu en résolvant une énigme. Il prévoit cinq salles dans lesquelles les joueurs ne devront pas rester plus de soixante minutes au total. La combinaison des chiffres ouvrira un coffre dans lequel sera caché le crâne en or.

Il doit demander à Émilie ce qu'elle en pense.

— Tu es dispo ?

Il sait qu'elle regarde en permanence son téléphone et va rapidement voir son message.

❖ Oui ! Ça va ? Tu fais quoi ?

— Je prépare mon Escape…

❖ Ah cool ! Et alors : c'est quoi le thème ?

— Il faudra retrouver un crâne en or dans les catacombes.

❖ Mais c'est le rêve que tu m'as raconté l'autre jour ! Tu prévois combien de pièces ?

— Cinq, avec quatre joueurs maxi dans chaque pièce.

❖ Pas mal 😊 Tu as commencé à les dessiner ?

— Je vais le faire aujourd'hui. Tu pourras me finaliser les schémas ? J'ai peur que mon talent de dessinateur ne donne pas des planches très claires... Alors que toi, tu as un vrai don !

❖ N'exagère pas. Mais OK on regardera ensemble pour préparer un dossier qui tienne la route et soit présentable. Parce qu'il faudra convaincre le banquier ☺

— Oui je sais ☹ Bon allez je m'y mets. Je te tiens au courant. Bises.

❖ Bon courage. Bises.

Léo travaille une bonne partie de la journée sur ses plans. Il a pris le temps d'aller se promener avec Rio dans le parc juste à côté.

En fin d'après-midi, il prend sa douche et prépare son sac pour aller chez sa grand-mère maternelle Émeline. Sa brosse à dents, son tee-shirt préféré à l'effigie des « barbus » et un caleçon propre suffiront largement pour une nuit. Et un sweat léger au cas où... Il vérifie son téléphone : toujours impossible de le rallumer. Pour mettre toutes les chances de son côté, il jette le riz, le remplace par ce qui reste dans le paquet et laisse le tout sur son bureau.

Le RER A arrive tout de suite et l'emmène jusqu'à Nation où il prend le métro ligne 9 jusqu'à Mairie de Montreuil. Les quarante minutes passent vite. Léo se réjouit toujours de voir sa grand-mère et en profite souvent pour passer la nuit chez elle. Contrairement à sa mère qui s'inquiète tout le temps, Émeline l'apaise et comprends ses préoccupations. Il arrive devant l'immeuble où elle habite depuis plus de cinquante ans. C'est un vieil immeuble des années 1920. La porte est lourde. Á l'intérieur, un petit couloir sombre aboutit dans une cour. Sur la gauche, six boîtes aux lettres. Sur la droite, un escalier étroit en bois. La plupart des marches grincent dès que Léo pose le pied dessus. Il n'a pas trop confiance et se tient à la rampe, surtout que la lumière est aussi faible que dans le couloir.

Arrivé au troisième et dernier étage, il cogne à l'unique porte sur le palier. Sa grand-mère lui ouvre aussitôt : à croire qu'elle l'attendait derrière la porte !

Chapitre 9

Leur ressemblance est frappante. Le nez un peu fort et le regard franc et direct sont la marque de fabrique de la famille. Ils ne se sont pas vus depuis qu'il est revenu de Norvège alors ils ont plein de choses à se raconter. Leur complicité s'est accentuée après la mort de son grand-père, cinq ans auparavant. Émeline a beaucoup souffert mais Léo a su la réconforter.

Il retrouve avec plaisir sa chambre dans laquelle il dormait souvent quand il était enfant. Des photos tapissent les murs : ses grands-parents, ses parents, lui… Des souvenirs heureux refont surface : les longues balades en forêt, les soirées crêpes, les journées passées dans le jardin ouvrier loué par les grands-parents.

L'appartement est petit mais douillet : deux chambres, une « pièce à vivre » comme dit Émeline, une minuscule cuisine, une salle d'eau avec les W.C. et une douche à l'italienne bricolée par son grand-père.

Léo raconte ses aventures norvégiennes pendant le dîner. Ils se régalent avec les spaghettis à la bolognaise faits maison. La tarte aux pommes alsacienne est aussi bonne que dans son souvenir.

Ils restent à discuter jusque tard. Tout à coup, Léo s'arrête de parler en plein milieu d'une phrase. Sa grand-mère le regarde l'air étonné.

— Ah, ça me revient.

— Mais de quoi tu parles ?

— J'ai vécu quelque chose d'étrange hier. Je ne me souvenais plus d'une partie de ma journée. Mais je l'savais pas … je sais pas si je suis clair.

— Non, je ne te suis pas.

Émeline écrase nerveusement les miettes sur la nappe en soupirant.

— Je viens de me souvenir de ce qui m'est arrivé hier après-midi. Je suis allé voir un copain pour mon projet puis je suis rentré à la maison. Mais entre les deux, j'ai eu comme une absence. Mon cerveau n'a pas imprimé ce qui s'est passé. Et je viens de tout revoir en un flash.

La jambe droite de Léo tressaute comme s'il battait la mesure d'un morceau des ZZ Tops. Il triture sa serviette. Il se revoit dans la rue et raconte tous les détails qui lui reviennent un à un.

Le visage de sa grand-mère se ferme, elle pince ses lèvres et secoue la tête de droite à gauche et de gauche à droite. *Pourvu que ça ne recommence pas.* C'est plus fort qu'elle : le moindre problème lui rappelle la dépression de son petit-fils. Pourtant, elle ne reconnait pas dans le récit de Léo les symptômes et les réactions qu'il avait à l'époque. *Arrête de t'affoler pour rien. Sa dépression est derrière lui.*

Le jeune homme lui sourit de nouveau :

— Bon, cet orage était tellement terrifiant qu'il a dû bloquer mon cerveau.

— C'est sûrement ça.

Elle lui caresse la joue.

— On va se coucher maintenant.

Ils s'embrassent et chacun part dans sa chambre. Léo s'allonge avec plaisir sur son lit mais il veille encore un peu. Il aimerait bien parler à Émilie, lui raconter à elle aussi, mais sans son téléphone…

Émeline est réveillée en sursaut, au milieu de la nuit, par les cris de Léo. Elle se précipite dans sa chambre. Il est assis, en sueur, les yeux écarquillés. Il enlace ses jambes repliées contre lui.

— Qu'est-ce qu'il y a ? Tu as fait un cauchemar ?

— Là, là, balbutie Léo en désignant son vieux chien en peluche au pied du lit. Rio. Il aboie. Il a essayé de me mordre.

Émeline ne comprend rien à ce qui se passe et ne sait pas quoi faire. Alors elle le serre fort dans ses bras, comme quand il était petit, en attendant qu'il se calme. Il continue à regarder la peluche avec terreur. Il tremble et sursaute de temps à autre. Elle finit par attraper le chien et le lance hors de la chambre.

Elle le berce. Quand elle le sent assez calme, elle le recouche mais reste près de lui. Les mauvais souvenirs reviennent encore et encore. La dépression le rendait complètement amorphe. Il restait prostré des heures sur son lit. Il a vraiment passé des moments difficiles. Mais rien à voir avec ce qui vient de se passer. Elle ne comprend pas. Ils vont devoir être très vigilants.

Le lendemain matin, la grand-mère laisse un mot à Léo pour le prévenir qu'elle part à la boulangerie. Il dort comme un bébé.

Quand elle revient, il est réveillé et paresse dans son lit. Il se lève et ils prennent le petit déjeuner. Il ne parle pas de ce qui s'est passé et semble en forme.

— Comment tu te sens ?

— Super ! J'ai dormi d'une traite. Comme quand j'étais petit.

Elle part dans la cuisine pour lui cacher sa stupeur. C'était pourtant bien réel cette nuit ! Tout cela commence à devenir inquiétant après l'épisode de l'orage. Un pot de miel à la main, Émeline revient à table.

— Tu ne te souviens vraiment de rien ?

— Non, pourquoi ?

Le visage de Léo s'assombrit. Il est sincèrement étonné mais une légère inquiétude transparait sur ses traits.

Émeline lui raconte l'évènement de la nuit.

— Je me fais du souci pour toi, surtout après ce qui t'est arrivé pendant l'orage.

— Mais, non. Pas de panique. C'est juste un coup de fatigue.

Il se lève et se dirige vers la chambre. Depuis sa dépression, tout le monde s'inquiète pour lui au moindre incident. Lui ne demande qu'à oublier tout ça et vivre sa vie comme tout le monde.

Une fois tout rangé, le lit et la toilette faits, Léo se prépare à partir.

— Tu rentres chez toi ?

— Non, je vais me balader dans Paris chercher des idées de décors pour les pièces de mon Escape. Et je vais sûrement faire un tour dans les catacombes.

— Fais attention à toi.

— Oui … t'inquiète Mamie. Tout va bien.

Il part avec son sac à dos. Elle le regarde par la fenêtre, les sourcils froncés.

Chapitre 10

Maryse rentre chez elle. Ses chaussures abandonnées sur le carrelage, son sac à main et le courrier posés sur la console de l'entrée, elle caresse Rio venu lui faire la fête comme s'ils ne s'étaient pas vus depuis des jours. Il la suit dans le salon où elle se laisse tomber sur le canapé en poussant un soupir de soulagement. *Quelle journée !*

Beaucoup de femmes sont arrivées à la maternité aujourd'hui. Avec ses collègues sage-femmes, elles s'attendaient à cet afflux : c'est la pleine lune. Ceux qui pensent toujours tout savoir mieux que les autres ont beau dire : il y a toujours plus d'accouchements à cette période. Un bébé a failli être étranglé par le cordon ombilical. Heureusement qu'elle a su réagir. Si elle avait attendu l'arrivée de l'obstétricien, le petit y serait resté.

Elle se relève, se frotte les reins et ouvre la fenêtre pour Rio qui demande à sortir dans le jardin. Un verre d'eau à la main, elle s'assied à sa place préférée, sur la marche de la porte-fenêtre. Rio court après les oiseaux. Le chat des voisins vient le narguer et se faufile sous la haie dès qu'il approche en grognant. La chaleur est aussi intense que ces derniers jours.

Maryse pense à Léo. Elle n'aime pas le savoir dehors sans son téléphone. La maman en elle est finalement plus accro que lui à cette machine qui lui permet de garder le lien avec son « bébé ». Elle a toujours peur qu'il lui arrive quelque chose quand il est loin d'elle. Pourtant… avec tous les voyages qu'il a faits ! Il n'a jamais eu de problème et leur donnait régulièrement des nouvelles.

Maryse se secoue. Elle doit préparer le dîner pour « ses hommes » qui ne vont pas tarder à rentrer. Jacques arrive alors qu'elle termine de mettre la table.

— Bonjour chérie. Ta journée s'est bien passée ?

— Éprouvante ! Mais nous avons eu la joie d'accueillir six nouveaux petits monstres qui empêcheront bientôt leurs parents de dormir.

Tous les deux éclatent de rire. Leur complicité les aide à surmonter les épreuves de la vie et leurs éventuelles divergences d'opinions.

— Et toi ? Tu rentres bien tard…

— Aujourd'hui les « monstres » de ma classe étaient étonnamment calmes. Heureusement qu'il y a des jours comme ça, sinon je n'arriverais jamais à leur inculquer le programme de CM1. C'est une classe importante. Nous avions une réunion avec les autres professeurs qui s'est éternisée. Toujours les mêmes problèmes. Léo est là ?

— Non, il n'est pas encore rentré. J'espère qu'il ne va pas tarder sinon le rosbeef sera trop cuit.

— Je vais me changer et j'arrive.

L'heure tourne et Léo n'arrive pas. Maryse sent l'habituelle boule d'angoisse qui commence à se former en elle. Elle se force à penser à autre chose et à discuter de leurs prochaines vacances avec Jacques. Ils envisagent de partir à Madère pour randonner.

Mais elle n'arrive bientôt plus à donner le change. Elle pâlit, se tient le ventre. Jacques connaît bien ces symptômes.

— Ne t'inquiète pas. Il est sûrement chez un copain et aura oublié de nous prévenir. Surtout qu'il n'a pas son téléphone. Tu sais bien que, s'il lui était arrivé quelque chose, nous serions prévenus.

— Oui je sais. Mais c'est plus fort que moi. Je ne supporte pas de ne pas savoir où il est.

— Commençons à dîner. Ça va le faire venir.

Ils se mettent à table. Jacques mange de bon appétit. Maryse touche à peine à son assiette. Elle se renferme sur elle-même et est imperméable à toute tentative de son mari pour la distraire. Le dîner terminé, la vaisselle rangée, Léo n'est toujours pas là.

Ils s'installent sur le canapé devant la télévision et regardent machinalement le documentaire sur l'Alsace. Puis Jacques convainc Maryse d'aller se coucher.

— Il est adulte maintenant. Il vit sa vie et n'a pas à nous rendre compte de tous ses faits et gestes.

La tête à peine posée sur l'oreiller, Jacques s'endort. Malgré son immense fatigue, Maryse cherche le sommeil et regarde les heures passer. Elle finit par sombrer aux premières lueurs du jour.

Chapitre 11

Émilie se prépare pour se rendre au cabinet d'expertise-comptable où elle effectue son contrat d'alternance. Elle s'habille avec son jean noir, un tee-shirt beige et une veste très légère. La chaleur est toujours aussi accablante mais elle n'aime pas être bras nus dans le RER. Elle cherche ses affaires de sport dans le sèche-linge et remplit son sac. Ils ont prévu de se retrouver ce soir à la salle avec Lucas. Léo devrait venir aussi.

Elle est surprise de ne pas avoir eu de nouvelles de lui depuis leur échange par SMS. Il devait lui donner des précisions sur les schémas qu'elle doit dessiner. Et puis, ils ont tellement l'habitude de se « parler » à longueur de journée.

Il faut dire qu'ils sont nés à un mois d'intervalle. Leurs parents habitaient à l'époque dans le même lotissement et se voyaient tout le temps. Émilie et Léo ont tout appris ensemble et se challengeaient en permanence : c'était à celui ou celle qui rapporterait la meilleure note, qui remporterait le plus de matchs au volley, qui aurait le plus de victoires aux jeux de société.

Ils sont devenus plus soudés que beaucoup de frères et sœurs. Ils étaient dans les mêmes classes jusqu'au lycée et ne se sont jamais perdus de vue par la suite.

La période de dépression vécue par Léo a été très dure aussi pour Émilie. Elle pensait tout connaître de lui et ne comprenait pas ce mal-être. Comme il n'assumait pas son homosexualité, il n'en parlait pas du tout. Oh bien sûr, elle avait des soupçons. Elle avait bien remarqué qu'il regardait plutôt les garçons que les filles. Mais ils étaient encore jeunes et elle n'attachait pas beaucoup d'importance à tout ça.

Elle faisait ce qu'elle pouvait : être présente et à l'écoute pour lui. Quand il lui a enfin parlé de sa préférence pour les garçons, Émilie était tellement contente qu'il ait identifié la source de son mal-être que sa réaction a été : « Dépêche-toi de te trouver un copain ! »

La journée passe vite avec tous les dossiers qu'elle a à gérer.

Elle retrouve Lucas à la salle de CrossFit.

— Et Léo, il vient aujourd'hui ? demande-t-il.

— Je sais pas. Je n'ai pas de nouvelles depuis hier.

— OK. On y va alors ?

— Allez, en route !

La séance est intense comme d'habitude. Émilie progresse vite grâce à sa ténacité mais aussi au soutien de Lucas et des autres crossfiters de la salle. Elle aime décidément beaucoup cette ambiance dépourvue de compétition tout en étant très sérieuse. Elle en oublie Léo. Il ne se montrera pas ce soir.

Lucas est venu en voiture à la salle de sport et ils rentrent ensemble dans l'appartement qu'ils partagent depuis trois ans.

Pendant qu'il prend sa douche, elle vérifie les messages sur son téléphone. Toujours rien de Léo. Elle commence à trouver ça vraiment bizarre et ne peut s'empêcher de lui envoyer un message.

❖ On t'a attendu à la salle … pourquoi t'es pas venu ?

Elle prend le relais sous la douche et se délasse longuement sous l'eau chaude. Elle n'arrive pas à prendre des douches courtes même si elle sait que c'est mauvais pour la planète et que ça leur coûte cher…

— Ça va pas ? Tu fais une drôle de tête, s'inquiète Lucas.

— Non c'est rien. C'est bizarre que Léo ne soit pas venu à la salle et il ne répond pas à mon message.

— C'est pas la première fois qu'il nous abandonne au CrossFit. Il est peut-être engagé dans une partie avec ses potes.

— Oui tu as raison. J'ai toujours tendance à m'inquiéter trop vite. On verra demain. Je vais me coucher, je suis crevée.

— Moi aussi, j'arrive.

Chapitre 12

En partant de chez sa grand-mère, Léo n'a pas remarqué l'air soucieux d'Émeline. Absorbé par son projet, il a pris le métro direction les catacombes. En chemin, il a croisé un de ses copains de lycée qui lui a proposé de venir boire un café chez lui. Ils ont rapidement retrouvé leurs vieilles habitudes et se sont lancés dans une partie de *The Frozen Throne*, un de leurs jeux préférés. Un observateur non habitué serait bien étonné. Accrochés à leur manette, le casque sur les oreilles, les yeux rivés sur l'écran, les deux jeunes hommes crient, sautent et lèvent les bras de joie ou de déception. La journée est passée à toute vitesse. Épuisé, Léo s'est effondré sur le canapé pour ne se réveiller qu'au petit jour le lendemain.

Mais comment j'ai pu dormir aussi longtemps ? Mes parents doivent s'inquiéter.

Il emprunte le portable de son copain et laisse un message sur le répondeur de son père. Heureusement qu'il a mémorisé le numéro.

— Salut p'pa ! C'est Léo. J'ai dormi chez un pote. Je travaille sur mon projet. Je vous tiens au courant. Bises.

Content de lui, il sort de l'appartement.

Il fait trop beau pour que je m'enferme dans les catacombes. J'irai demain. Je vais plutôt profiter de la nature.

Il sifflote, son sac sur le dos, en regardant le magnifique ciel bleu. Les oiseaux chantent encore : la chaleur va bientôt les assommer, comme les humains. Léo aime marcher au soleil. Mais le bois de Vincennes est loin. Il décide de prendre un Vélib'. En une demi-heure, il devrait avoir le temps d'arriver et ça ne lui coûtera rien. Il doit quand même s'arrêter à deux stations avant de trouver un vélo en état de marche.

Les pistes cyclables qui prennent de plus en plus de place au fil du temps sont un vrai bonheur pour les cyclistes. Même les voitures, si récalcitrantes au début, s'y sont résignées. Chacun a appris à partager le bitume avec l'autre.

Léo déteste suivre les règles. Il a frôlé la mort plusieurs fois en traversant sans regarder ou en faisant une queue de poisson à une voiture. Il fait partie des personnes qui défient la chance à longueur de journée.

Il enfourche son vélo et déboule sur la piste cyclable comme à son habitude, sans regarder. Le vélo qui arrive à toute vitesse le force à donner un coup de guidon. Il se cramponne pour récupérer son équilibre et repart tranquillement.

Il arrive sans encombre au bois de Vincennes. Il dépose son vélo à une borne et part d'un bon pas dans les allées du bois. Des mamans promènent leurs bébés dans des poussettes dernier cri dont la marque rappelle une voiture de Formule 1. Léo s'arrête devant un cours de yoga. Les mouvements lents et gracieux l'impressionnent.

Trop compliqué pour moi. Rien ne vaut le CrossFit.

Il s'assied sur le gazon et voit arriver une jeune maman avec ses deux petits garçons qui courent à côté d'elle. Le plus grand s'arrête brutalement et dit à sa maman : « C'est pas évident de courir quand on a des muscles. Ça fait mal ! ». Sa mère le regarde interloquée, dubitative pendant une seconde, le temps que la phrase prenne tout son sens dans son cerveau. Et elle éclate de rire.

Léo se relève et s'enfonce dans le bois. Tout à coup, il est en alerte. Il ramasse un morceau de bois. Il regarde dans tous les sens. Il tourne sur lui-même en battant l'air avec son bâton. Puis il tape de toutes ses forces sur le sol. Une joggeuse accélère sa foulée en passant à proximité et n'ose pas se retourner. Le jeune homme n'a pas conscience de son comportement. Il est à nouveau emporté en pleine hallucination.

Il avance lentement, en scrutant le sol. Il entend des clapotis tout près de là.

Bon, il doit être là. Je vais l'attraper.

Il se dirige vers le petit ruisseau qui s'écoule paisiblement. Les oiseaux chantent dans les arbres. Quelques-uns s'aventurent à boire une gorgée d'eau fraîche.

Léo approche. Il transpire. Ses yeux sont sans cesse en mouvement. Ses gestes sont saccadés.

Bon, je dois compter les dents. Je dois compter les dents. Je dois compter les dents.

Toujours dans son délire, il brandit son bâton et assène des coups à un tronc d'arbre couché le long du ruisseau. Il continue jusqu'à avoir mal aux bras. Il s'arrête. Il se penche et touche ce qui ressemble à des yeux mi-clos.

C'est bon. Il dort. Bon, je dois compter les dents maintenant. Deux, quatre, six…

Il compte comme ça jusqu'à quarante-six. Il est content de lui et tapote le tronc d'arbre.

Brave bête !

La « bête » ne réagit pas. Et pour cause : la tête de crocodile est sculptée dans le tronc. Avec beaucoup de réalisme : les yeux mi-clos, d'énormes dents encastrées les unes dans les autres, une gueule et des narines qui prolongent un long corps. Le jeune homme a réellement vu un crocodile dans ce bout de bois. Il devait l'affronter pour récupérer le premier nombre de son Escape Game. Il est encore complètement en dehors de la réalité mais ne s'en rend pas compte.

Léo attrape le petit carnet et le stylo qui ne quittent jamais son sac. Il cherche une page blanche et y inscrit :

$$\boxed{1} = 46$$

Il remet le tout dans son sac, celui-ci sur son dos et s'adosse au « crocodile ». Son corps se relâche, sa tête tombe sur le côté : il s'endort profondément. La lutte contre l'animal imaginaire l'a vidé de ses forces.

Chapitre 13

Comme souvent, Jacques rentre avant Maryse. Rio lui fait la fête et réclame immédiatement à sortir. Jacques lui ouvre la porte-fenêtre et le chien se rue dans le jardin. Il tourne un peu et ne tarde pas à faire ses besoins. C'est signe que personne n'est rentré de la journée.

Jacques monte dans la chambre de Léo. Celle-ci est vide. Le lit n'est pas défait. Tout est bien rangé. C'est plutôt inhabituel. Maryse a certainement profité de l'absence de leur fils pour faire un peu de ménage avant de partir travailler. Elle ne peut pas s'en empêcher.

Jacques remarque la boîte remplie de riz sur le bureau. Curieux, il s'approche. Il écarte le riz et voit le téléphone. Il fronce les sourcils.

Pourquoi ne l'a-t-il pas pris ?

Il n'imagine pas son fils sortir sans son portable. Même s'il n'était pas entièrement sec, Léo aurait dû partir avec. Jacques prend le téléphone et essaie de l'allumer. À la deuxième tentative, l'écran s'éclaire pour demander aussitôt l'empreinte de Léo. Jacques l'éteint pour que la batterie ne se vide pas et le repose près de la lampe.

Il commence à trouver tout ça un peu étrange. Léo ne peut pas vivre sans son téléphone. Oh, pas pour le lien avec ses parents … mais il ne passe pas une journée sans « parler » avec ses copains et surtout avec Émilie.

Jacques secoue la tête et redescend. Après tout, son fils est adulte maintenant et tout à fait capable de se débrouiller seul. Les nombreux voyages qu'il a faits à l'étranger l'ont bien démontré. Il faut absolument qu'ils apprennent, surtout Maryse, à se détacher un peu. Et puis, il lui a envoyé un message ce matin pour dire que tout va bien.

Rio l'attire dans le jardin avec un bâton dans la gueule. Il veut jouer. Jacques lui lance le bâton une dizaine de fois.

— Il y a quelqu'un ? Léo ? Jacques ?

Maryse le rejoint sur la terrasse.

— Ça va, chéri ? Tu as vu Léo ?

— Non, il n'est pas là.

Maryse pâlit, se raidit. Une boule la prend à la gorge et ses intestins se tordent. Ils n'ont pas de nouvelles depuis deux jours. Jacques la prend dans ses bras et lui caresse le dos.

— Ne t'inquiète pas. C'est un adulte maintenant. Il faut que nous apprenions à le laisser vivre sa vie. Tu as bien vu son message que je t'ai envoyé ce matin. Il va bien. Sinon il ne m'aurait rien envoyé.

— Je sais bien. Mais ce n'est quand même pas normal. Et en plus, il n'a pas son téléphone.

Des larmes coulent sur les joues de Maryse qui se laisse tomber dans le fauteuil juste derrière elle.

— Tu es au courant ?

— Oui. J'ai vérifié ce matin. Il est toujours sur son bureau, dans le riz.

— Je l'ai testé. Il est sec et refonctionne.

Jacques fait les cent pas. Il s'approche de la fenêtre comme pour attendre Léo.

— Il faudrait peut-être l'allumer. S'il a besoin, il appellera son numéro. Je suis sûre qu'il n'en connait pas d'autres par cœur. C'est le problème de ces machines, plus personne ne retient les numéros de téléphone.

— Il se souvient au moins du mien puisqu'il m'a envoyé un message ce matin. Mais, oui, c'est une bonne idée. Je vais le chercher. Ne te tracasse pas : notre fiston sera là pour le dîner.

— J'espère, soupire Maryse.

Jacques redescend avec le téléphone et le câble qu'il a trouvé sur le bureau. Il rallume le portable, le branche, monte le son au maximum et le dépose sur le meuble de la télévision. S'il sonne, ils ne pourront pas manquer l'appel.

— J'ai appelé maman ce matin. Pour Léo.

— Il a bien dormi chez elle ?

— Oui. Ils ont passé une bonne soirée, à se raconter leur vie. Comme d'habitude, quoi.

— Elle n'a rien remarqué de bizarre ?

Rio s'approche et se blottit contre sa maîtresse. Il sent bien qu'il se passe quelque chose d'anormal. Il y a de la tension dans l'air.

— Non. En tout cas, elle ne m'a rien dit. Il est parti hier matin. Il lui a dit qu'il allait aux catacombes pour son projet.

Maryse prépare à manger. Elle semble désespérée ; les commissures de ses lèvres tombent ; ses yeux ont perdu leur éclat. Elle ravale ses larmes à grand peine. Ils finissent par dîner tous les deux mais elle ne mange presque rien. À chaque fois qu'elle jette un œil sur la pendule de la cuisine, son cœur se serre un peu plus. Le tic-tac devient insupportable comme s'il soulignait le temps qui passe sans Léo.

— Je suis sûre qu'il lui est arrivé quelque chose.

— Mais non, nous aurions été prévenus.

Jacques a bien du mal à rester serein. Mais il le doit absolument pour soutenir Maryse. Ils boivent leur café sur le canapé mais Maryse tourne sans arrêt son regard vers la pendule.

— J'en ai assez ! Cette attente est insupportable ! Je vais appeler Émilie pour voir si elle a des nouvelles.

— Si tu veux. Mais tu penses bien qu'elle nous aurait prévenus.

Jacques hausse les épaules.

Et pourquoi pas, après tout ? On ne sait jamais...

Chapitre 14

Lucas est en retard. Comme souvent le vendredi, il retrouve Émilie devant son travail pour aller voir un film. Elle a trouvé un petit cinéma de quartier où ils repassent tous les Harry Potter et ils ont décidé d'en revoir un par semaine.

Ils ne se connaissaient pas à l'époque mais ont lu tous les livres et vu tous les films. Il faut dire qu'une majorité d'enfants à travers le monde ont découvert le plaisir de la lecture avec cette épopée. Toute une génération frémissait avec les aventures de ces apprentis sorciers.

Un peu essoufflé d'avoir couru, Lucas arrive juste à l'heure devant le cabinet comptable où Émilie travaille. Il préfère venir la chercher. Il y a encore des manifestations dans Paris et les Black Blocs sont toujours là.

À la sortie du cinéma, ils décident de flâner un peu dans Paris pour profiter de la fraîcheur qui commence à tomber. Ils arrivent rue Montmartre.

— Tu entends ? demande Émilie.

— Non, quoi ?

— On dirait que la manifestation est par là, dit-elle en montrant la rue vers laquelle ils se dirigent.

— Mais non, elle est prévue à République.

Émilie tend l'oreille et tout à coup aperçoit une marée humaine, toute noire, qui arrive vers eux. Des hommes entièrement vêtus de noir, avec des masques, des capuches, des lunettes noires et des matraques pour certains, avancent en occupant toute la largeur de la rue et en scandant :

— À bas la police ! Personne n'aime les flics !

Ils cassent tout sur leur passage : les vitrines, les terrasses des cafés. Ils lancent les poubelles sur les trottoirs. La rumeur enfle au fur et à mesure qu'ils approchent.

Émilie voit un passage couvert sur leur droite et tire vigoureusement Lucas par la manche.

— Viens vite, on va passer par là. On doit bien pouvoir ressortir de l'autre côté.

Tous deux pressent le pas. Émilie tourne la tête et voit la foule compacte passer devant le passage et poursuivre son chemin. Des hommes et des femmes sont tranquillement attablés. Ils n'ont pas conscience de ce qui se passe tout près de là. Le passage couvert les conduit sur un grand boulevard où ils vont pouvoir prendre le RER pour rentrer chez eux. Les sirènes de police hurlent dans tous les coins.

Assis dans le wagon, ils commencent à se détendre. Émilie ne peut s'empêcher de regarder autour d'elle.

— Ça fait trop peur cette foule qui arrive sur toi en cassant tout sur son passage. Ils doivent être sacrément organisés.

— En fait il paraît qu'il n'y a aucune organisation. Ils se rejoignent simplement près des lieux où des manifestations sont prévues et s'infiltrent.

La jeune fille ne parvient vraiment à se détendre que lorsqu'ils arrivent chez eux. Mais le calme est de courte durée. Alors qu'ils grignotent quelques restes, le téléphone d'Émilie vibre. Elle n'aime pas ça, surtout à cette heure. Ses copains, son frère et même ses parents échangent avec elle plutôt sur WhatsApp. Lucas la regarde d'un air interrogateur. Le nom de Maryse s'affiche sur l'écran.

— Bonjour Émilie. Tu vas bien ?

— Oui, et toi ? Il y a un problème ?

— Je ne sais pas mais je suis très inquiète. Léo n'est pas rentré la nuit dernière et n'a pas donné de nouvelles.

— Tu as essayé de l'appeler ?

— Il a laissé son téléphone à la maison… Tu l'as vu ?

— Non, je n'ai pas de nouvelles depuis mercredi. Il doit être chez un pote qui n'a pas chargé son téléphone.

Ça arrive souvent quand ils font la fête. Je vais demander à quelques copains. Je te tiens au courant si j'ai des nouvelles.

— Merci.

Et elles raccrochent. Émilie regarde Lucas d'un air inquiet.

— J'espère qu'il ne lui est rien arrivé.

— Tu sais bien qu'il a déjà fait le coup. Il va chez un pote, ils font la fête, boivent un peu trop et il oublie tout le reste !

— Tu as raison. Je vais quand même envoyer des messages pour savoir si quelqu'un l'a vu.

Ils se couchent. Les réponses arrivent : personne n'a vu Léo.

Chapitre 15

Léo vide son sac sur le sol.

Bon, où peut bien être ce p... de téléphone ?

Une petite bouteille d'eau roule sur l'herbe clairsemée et jaunâtre. Léo s'aperçoit qu'il meure de soif. Il porte le goulot à sa bouche et boit deux gorgées agrémentées d'un peu de terre. Il n'y prête pas attention.

Il passe la main dans ses cheveux. Des brins d'herbe sèche restent coincés entre ses doigts. D'autres sont accrochés à son tee-shirt qui tire plus vers le gris que vers le blanc. Il donne l'impression de s'être roulé par terre. Il regarde le ciel : le soleil n'est pas encore au zénith. Fan de randonnées, il est passionné par l'orientation. Il est devenu imbattable dans son domaine : le soleil est son meilleur ami. Il lui donne l'heure et la direction dans laquelle il doit aller.

Il est à peu près onze heures.

Il regarde autour de lui. Les arbres l'entourent. Le petit ruisseau est à quelques mètres avec le fameux tronc qui ressemble à un crocodile. Dans un éclair de lucidité, Léo réalise qu'il est arrivé dans le bois en début d'après-midi. La veille.

Bon, qu'est-ce qui m'est arrivé ? J'ai dormi où ?

Impossible de se souvenir où il a passé la nuit.

Qu'est-ce que j'ai ? Je ne sais même plus comment je suis arrivé là ni ce que j'ai fait hier. J'suis grave.

Il remet ses affaires dans son sac. Le petit carnet l'interpelle. Il l'ouvre et lit ses dernières notes. Le nombre qu'il découvre le laisse perplexe. Il n'a aucun souvenir de sa bataille contre le « crocodile ». Il décide de rentrer chez lui.

Il marche lentement, les sourcils froncés, son sac sur le dos, en suivant la large allée sur laquelle trottent quelques cavaliers. Tous ces oublis commencent à l'inquiéter. Même quand il était au plus mal pendant sa dépression, il ne perdait pas le contact avec la réalité.

Soudain il pense à Émeline. Il a très envie de l'appeler. Quand il était adolescent, il lui téléphonait souvent pour lui raconter ses soucis et lui demander conseil. Il se sent seul et aurait bien besoin d'aide.

Il a l'impression de peser des tonnes et a du mal à avancer. Il s'assied dans l'herbe et s'absorbe dans la contemplation des chevaux. Ses paupières sont lourdes. Sa tête penche dangereusement vers l'avant. Soudain son regard est attiré par un mouvement. Droit devant lui, une araignée s'active sur sa toile. Celle-ci fait trente bons centimètres de diamètre. Le soleil, en se projetant sur les gouttes de rosée, la fait scintiller. Léo écarquille les yeux pour suivre l'activité de ce minuscule habitant de la nature. Elle tourne autour des proies qui se laissent prendre dans ses filets et leur injecte son venin. Une fois les insectes paralysés ou tués, elle peut faire un bon repas.

Bon, je dois compter les cercles de la toile.

Un cheval trotte. Léo se relève d'un bond et invective le cavalier.

— Attention ! Vous lui faites peur !

Le cavalier et sa monture sont déjà loin et n'entendent pas le jeune homme.

Celui-ci se retourne vers la toile d'araignée. Son visage est radieux, détendu. Il se baisse et commence à compter les cercles de soie. Il s'y reprend à plusieurs fois : le soleil et l'araignée le perturbent. Il recommence, sort son petit carnet, son stylo et inscrit à la suite :

$\boxed{2} = 35$

Il sourit, referme le carnet et le range précieusement au fond de son sac. Il s'allonge sur le sol, la tête posée sur la main et continue d'admirer l'araignée en sifflotant.

Bon, je dois trouver les nombres.

L'araignée lance un fil qui, porté par la légère brise, s'accroche à un arbrisseau. Elle se laisse glisser le long de cette liane de soie improvisée et disparaît.

C'est le signal du départ pour Léo. Il reprend sa marche et suit les chevaux qui galopent.

Chapitre 16

Les chevaux soulèvent la poussière de l'allée cavalière. Léo marche d'un pas léger. Il lève la tête au son des pies qui jacassent et leur répond par de courts cris aigus.

Il arrive à un croisement avec une route bitumée. Une fontaine verte est à la disposition des promeneurs. Il s'approche pour boire : la chaleur et la poussière l'ont desséché. Il boit dans ses mains en coupe puis s'asperge le visage. Des promeneurs le toisent des pieds à la tête, l'air dégoûté. Il leur sourit et enlève son tee-shirt et son pantalon. Il les jette par terre. Il tourne à toute vitesse la manivelle de la fontaine et l'eau fraîche coule à nouveau. Ses mains recueillent l'eau pour arroser tout son corps. Les passants secouent la tête et s'éloignent. Tant bien que mal, il enlève le plus gros de la poussière. Il tente de se laver les cheveux mais s'énerve quand l'eau s'arrête de couler et qu'il doit à nouveau tourner la manivelle. Il se retrouve avec la moitié des cheveux mouillés et l'autre moitié pleine de poussière.

Il enfile le tee-shirt qu'il a trouvé roulé en boule au fond de son sac et saute dans son jean crasseux.

Il reprend sa route, à pas saccadés, sans savoir où il va. Comme un automate, il avance et répète en boucle :

— Bon, je cherche le troisième nombre. Je cherche le troisième nombre…

Il passe devant une cariole dans laquelle un jeune homme vend des crêpes. Il hume la bonne odeur. Son estomac crie famine. Il ne se souvient même pas de son dernier repas qu'il a pris chez sa grand-mère. Bizarrement, il n'a pas eu faim depuis. Il fouille le fond de ses poches et trouve un billet de dix euros tout froissé.

— Salut ! J'peux avoir une crêpe ?

Le vendeur est sur la défensive. Il en voit tellement qui veulent avoir à manger gratuitement. Le jeune homme est sale et a l'air complètement à l'ouest. *Encore un qui n'a pas d'argent.*

— Tu as de quoi payer ?

Léo brandit fièrement son billet.

— OK. Tu la veux à quoi ta crêpe ?

— Nutella

— Allez, c'est parti !

Il attrape le saladier et remue la pâte. Pendant ce temps, Léo admire les arbres et suit des yeux les oiseaux qui sautillent de branche en branche. Tout à coup, il se retourne vers l'homme.

— Bon, tu as vu le troisième nombre ?

Le marchand suspend son geste et le regarde d'un air interrogateur.

— De quoi tu parles ?

— Le troisième nombre ! s'énerve Léo.

Deux adolescents attendent derrière lui pour commander leurs crêpes. Ils se regardent et commencent à pouffer. L'homme étale la pâte sur le billig et leur jette un œil amusé.

Léo se penche vers l'intérieur de la cariole et regarde à droite et à gauche, en haut, en bas.

— Eh mec ! Tu fais quoi là ? s'exclame le vendeur.

— Je cherche le troisième nombre.

— Il est pas ici, répond-il en lançant un clin d'œil aux adolescents qui ne peuvent plus retenir leur fou rire. Donne ton billet. Ta crêpe est prête.

Léo lui tend docilement ses dix euros et récupère la monnaie. Il ne vérifie pas si le compte est bon et fourre le tout au fond de sa poche. Puis il attrape sa crêpe et s'éloigne sans plus de commentaire.

Le marchand de crêpes dit aux adolescents :

— Il est pas tout seul dans sa tête, celui-là ! Je vous prépare quoi ?

Léo est épuisé. La recherche du troisième nombre est sortie de son esprit. Il sait qu'il a quelque chose à faire mais ne se souvient pas de quoi. Il se pose sur un banc et savoure sa crêpe. Une fois son repas terminé, il s'allonge de tout son long sur le bois. La peinture verte est écaillée. La teinte plus claire du bois ressort et des échardes plus ou moins grosses apparaissent. De petits nuages blancs passent dans le ciel. Léo imagine des formes : un éléphant, une tête, une voiture. Ils jouaient souvent à donner une forme aux nuages avec Émilie, allongés sur la pelouse de leur jardin avec Jules. C'était à celui qui reconnaîtrait le plus de choses dans le ciel. Le frère d'Émilie était imbattable à ce jeu-là.

Ses yeux commencent à se fermer. Il lutte pour rester éveillé mais rien à faire : ses paupières sont trop lourdes et il cède au sommeil.

Chapitre 17

Il se met debout en se frottant le bas du dos. La tête levée vers le ciel, il aperçoit l'étoile du Berger. La clarté lui permet encore de distinguer des silhouettes parmi les arbres. Il se sent bien et se demande comment rejoindre les catacombes depuis le bois de Vincennes. Après quelques instants de lucidité, le délire et son obsession reprennent le dessus.

Bon, je dois trouver le troisième nombre.

Il n'a pas une pensée pour ses parents, sa grand-mère ni même Émilie. Seule compte la recherche des codes pour son escape game.

Son sac sur l'épaule, il se dirige vers Paris et ses lumières. Personne ne marche dans les rues. Aucune voiture ne circule. Il passe devant un bistrot. Celui-ci est plein. Des clameurs de joie et de déception s'échappent alternativement des fenêtres grandes ouvertes.

C'est la même chose dans le café un peu plus haut. Léo s'arrête et regarde à l'intérieur. Un écran est allumé et tous les regards sont tournés vers un match de foot. Apparemment ce sont des qualifications pour la ligue des champions. Autant dire un incontournable pour beaucoup ! Cela explique le peu de monde dans les rues. Léo ne s'intéresse pas au foot.

Un homme sort du bar et le bouscule.

— Pousse-toi de là, mec !

Il sent l'alcool à plein nez et empoigne le sac à dos de Léo.

— Allez ! Casse-toi de là, j'te dis.

Le jeune homme est à fleur de peau. Il rajuste son sac sur ses épaules et attrape l'homme par le col. La bagarre n'est pas dans ses habitudes. Mais le petit carnet avec les nombres revêt tant d'importance à ses yeux que son sang n'a fait qu'un tour. Il jette l'homme contre le mur. L'autre, complètement saoul, ne tient pas debout. Il s'effondre au sol comme une loque.

Comme si de rien n'était, Léo se secoue et poursuit sa route. Il n'est pas loin de la place Daumesnil. La soirée est encore chaude et il a soif.

Une fontaine Wallace est justement sur le trottoir d'en face. Ces fontaines en fonte, installées par Sir Richard Wallace dans les années 1870, sont reconnaissables notamment à leur socle surmonté de quatre petites statues de femmes. Ces statues soutiennent un dôme. Un mince filet d'eau s'écoule en permanence au centre de la fontaine.

Léo s'approche et boit quelques gorgées. Il s'assied sur une marche devant une vieille porte cochère un peu plus loin. Sur le trottoir d'en face, une autre porte est grillagée dans sa partie haute. Des motifs sont ciselés dans la partie basse. Ce portail donne sur un jardin au fond duquel on devine un hôtel particulier. La façade d'un jaune pâle se détache au milieu de la verdure. Çà et là, des ronds jaunes éclairent l'intérieur. Des ombres furtives traversent les pièces.

Léo s'abîme dans la contemplation de ce tableau campagnard, en pleine ville. Ses yeux perçoivent un mouvement sur sa gauche. Au-dessus de l'entrée de la boulangerie du coin, l'enseigne en fer forgé se balance doucement au gré de la brise. La souris perchée sur sa boule de pain semble narguer Léo.

Bon, je cherche le troisième nombre. Je cherche le troisième nombre.

La litanie s'accorde avec le léger grincement émis par l'enseigne.

La tête de Léo se tourne à droite, puis à gauche et à nouveau vers la droite et ainsi de suite pour venir se fixer sur la grille en face de lui.

— Euréka !

Il tend son bras droit. Son index pointe la porte, descend et remonte d'un coup sec en se déplaçant vers la droite

— 1 – 2 – 3 – 4 – 5 – 6 – 7 – 8

Il y a quatre barreaux sur chaque battant de la porte menant à l'hôtel particulier. Léo recompte inlassablement. Il se demande s'il doit prendre la totalité des barreaux ou seulement la moitié.

— 8 non 4 … 8 … 4 … 8 … 4…

Il tourne sur lui-même au milieu de la rue en répétant les deux chiffres. Ses mouvements sont spasmodiques. Sa voix résonne dans la rue étroite. Des lumières apparaissent aux fenêtres. Des têtes se montrent, d'autres restent à l'abri derrière leurs voilages.

— C'est pas bientôt fini ce raffut ! Je vais appeler la police si ça continue…

Un homme presse le pas en passant avec son chien.

Léo ne voit rien, n'entend rien, totalement concentré sur ses nombres. Soudain, il s'immobilise, se tait. Son visage s'illumine, son corps se détend.

Il attrape son sac, sort son petit carnet avec le stylo. Il l'ouvre à la page où il a déjà noté les deux autres nombres et écrit :

$\boxed{3} = 8$

Il referme le petit carnet, le remet soigneusement au fond de son sac avec le stylo et repart en fredonnant.

Chapitre 18

Émilie avance d'un pas décidé. Les hommes se retournent sur son passage, admirant sa silhouette élancée. Arborant fièrement ses nouvelles lunettes, elle est imperméable à tous les regards.

Elle est habituée à ces œillades plus ou moins grivoises. Grande, élégante, de longs cheveux bruns, elle est consciente de son pouvoir d'attraction. Mais elle s'est résolue depuis longtemps à ne pas en tenir compte. C'est encore le meilleur moyen pour décourager les personnages parfois insistants. Certains disent d'elle qu'elle est hautaine et méprisante. C'est juste une façon de se protéger.

Son frère Jules s'inquiétait souvent pour sa « petite sœur » et jouait son rôle de grand frère à merveille. Il voulait l'accompagner partout pour qu'elle ne soit pas embêtée. Il s'est vite aperçu qu'elle était bien assez forte pour affronter la vie et son lot de problèmes.

Et puis, il y a Léo, son meilleur ami, son double masculin. Ils connaissent tout l'un de l'autre. Ils sont prêts à tout l'un pour l'autre. Un appel de l'un et l'autre arrive toutes affaires cessantes.

Et Lucas : l'amour de sa vie. Jules a confiance en lui. Lucas répond toujours présent.

Ce soir, Émilie arbore un air inquiet. Elle a passé l'après-midi à faire du shopping et a enfin récupéré ses nouvelles lunettes chez l'opticien. Mais elle n'a toujours pas de nouvelles de Léo. Personne n'en a d'ailleurs. Il a complètement disparu de la circulation. Ce n'est pas normal. Elle s'apprête à entrer dans le métro. Elle hésite. Se décide à appeler Maryse. Elle déteste les conversations au milieu de la foule.

— Ah bonjour Émilie. Tu as des nouvelles de Léo ?

Maryse pose la question à toute vitesse, la voix pleine d'espoir. Émilie sent son cœur qui s'accélère. Elle pensait vraiment que Maryse aurait du nouveau.

— Non. Rien du tout. Personne ne l'a vu.

Elle sent à sa voix que Maryse se décompose à l'autre bout du fil.

— Avant de rentrer, je vais faire le tour des cafés où il a l'habitude d'aller. Si quelqu'un l'a vu, il me le dira. Tu as prévenu la police ?

— Non, pas encore. Tu connais Jacques. Il dit que ce n'est pas la peine. Léo est majeur. Il a tout à fait le droit de disparaître sans prévenir et de ne jamais revenir. Mais moi je sais que ça ne lui ressemble pas, il ne me ferait jamais ça. J'ai appelé les hôpitaux. Rien. Demain matin, c'est décidé, je me rends au commissariat.

— Si jamais j'apprends quelque chose d'ici là, je t'appelle.

— Merci Émilie.

Émilie se rend d'abord chez *Lulu et Marcel*, leur « QG » avec Léo. Les serveurs y sont chaleureux et ils ont sympathisé avec deux d'entre eux. Il n'y a pas encore trop de monde à cette heure-là. Émilie aperçoit Charline derrière le bar.

— Salut Charline ! Tu vas bien ? Ça a l'air calme.

— Oui ça va pour l'instant. Heureusement parce qu'à midi, c'était la folie. Et toi ? T'as pas l'air dans ton assiette.

— C'est Léo. Personne n'a de nouvelles depuis deux jours.

— Oh tu le connais, il doit squatter chez un copain et se laisser embarquer dans des jeux vidéo sans fin. Rappelle-toi la dernière fois où il n'a jamais voulu rentrer chez lui à la fin de la soirée. Tu l'as appelé ?

— Ben oui mais cette andouille a laissé son téléphone chez ses parents…

— Impossible : il devait être sacrément perturbé.

— Sûrement, sa mère ne m'a pas donné de détail. Elle est complètement affolée.

— Il y a de quoi. Même s'il est parfois un peu à l'ouest, c'est pas son genre de disparaître comme ça. Tu veux boire quelque chose ?

— Non, c'est gentil mais je vais continuer mes recherches.

— OK. Je vais demander autour de moi. Si j'ai une info, je t'appelle.

— Merci. À plus.

Émilie se rend dans trois autres bars. Elle en ressort bredouille. Il se fait tard. Elle rentre chez elle. Durant le trajet en RER, son inquiétude au sujet de Léo grandit. *Comment quelqu'un peut-il disparaître de la circulation sans que personne ne sache rien ? Il a peut-être été enlevé ? Non, ses parents ne sont pas riches. Ça n'aurait aucun sens. Ou alors il a rencontré quelqu'un et il n'ose pas nous le dire ? Il me ferait pas ça quand même ! Et s'il était reparti en Norvège ?*

Elle ne parvient plus à réfléchir intelligemment. Elle invente n'importe quoi. Arrivée dans leur appartement, elle se précipite dans les bras de Lucas. Elle se laisse aller et ça lui fait un bien fou. Il est le seul à savoir la réconforter, même dans les pires crises.

Chapitre 19

La sonnerie du réveil est stridente. Maryse tâtonne et abat une main rageuse sur l'indésirable. Elle ouvre un œil, puis l'autre. Elle tourne son regard vers la lueur bleutée. L'écran indique 06 : 30. Mais que se passe-t-il ? D'habitude, il ne sonne que pour partir en vacances, bien avant cinq heures. Elle n'en a jamais besoin pour aller au travail : son cerveau est programmé pour se réveiller toujours à l'heure, malgré ses horaires décalés. C'est même un sujet de plaisanterie avec ses collègues qui n'arrivent pas à croire un truc pareil.

Jacques marmonne à côté d'elle et se retourne en enfouissant sa tête sous l'oreiller. Épuisée par la nuit précédente, elle se blottit contre lui et se rendort immédiatement. Mais le réveil persiste. Au moment où sa main part en direction de la table de nuit, elle sursaute. Tout lui revient en mémoire : la curieuse attitude de Léo, sa disparition, son appel à Émilie.

Elle se redresse et se souvient qu'elle veut aller au commissariat ce matin. Décidée à être la première, elle doit partir tôt. Contre l'avis de Jacques qui pense que cela ne servira à rien, elle tient à signaler la disparition de Léo.

Elle s'assure que le réveil est bien éteint cette fois et se lève sans faire de bruit. Jacques bouge à peine dans son sommeil.

Elle descend dans la cuisine et appuie sur le bouton de la cafetière. Depuis des années, ils ont pris l'habitude de préparer le café la veille. Le premier réveillé le met en route et la délicieuse odeur se répand dans la maison.

Elle file sous la douche, s'habille et se maquille. Elle avale rapidement son café noir. Elle laisse un post-it sur la table : « Je suis au commissariat ».

Il va être contrarié. Mais il sait bien que j'ai raison. On ne peut quand même pas rester les bras croisés en attendant qu'il revienne.

Elle enfile ses sandales, attrape son sac à main, les clés de la voiture et sort en fermant délicatement la porte.

L'air est agréable de si bon matin. La rosée brille encore par-ci par-là sur les aubriètes qui bordent l'allée. De jolies fleurs violettes résistent encore malgré la chaleur. Le soleil se reflète sur les minuscules gouttes d'eau.

Mais Maryse n'a pas la tête à admirer la nature. Son inquiétude est de plus en plus envahissante : elle peine à contrôler son esprit. Elle monte dans sa voiture et se concentre sur la route déserte. Elle arrive rapidement au commissariat et se gare juste devant l'entrée.

Le planton la regarde placidement et lui ouvre la porte. L'accueil est vide. Cet endroit qui ressemble à une ruche dans la journée est encore un havre de paix.

Les pas de Maryse résonnent sur le carrelage noir et blanc. La peinture sur les murs, autrefois d'un joli beige clair, est devenue sombre, marquée par les traces noires laissées par le chauffage ici ou par une fuite là. La peinture des fenêtres s'écaille et le mastic aurait bien besoin d'être refait. La banque d'accueil, pourtant ancienne, paraît presque neuve au milieu de tout ça.

Maryse s'assied sur une des chaises en plastique rouge. Un tasseau en pin fait maison les maintient éloignées du mur.

— Bonjour Madame. Vous venez pourquoi ?

Maryse s'approche.

— Je viens signaler la disparition de mon fils.

— Il a disparu depuis combien de temps ?

— Trois jours.

L'agent de police fronce les sourcils.

— Quel âge a-t-il ?

— Vingt-cinq ans.

— Mais il est majeur, Madame. Il a le droit de vivre sa vie.

Maryse frotte compulsivement ses mains l'une contre l'autre.

— Je vous en prie. Ce n'est pas normal. Il faut le rechercher. Aucun de ses amis n'a de nouvelles depuis jeudi. Il n'a jamais fait ça. Il est sur un projet qui lui tient à cœur.

L'air semble soudain irrespirable à Maryse. Elle parle trop vite. En mentionnant le projet de Léo, elle pense que le policier va bien comprendre que son fils ne serait pas parti comme ça du jour au lendemain.

Le commissariat est toujours vide en ce dimanche matin. Devant le désarroi de cette femme, l'agent l'invite à le suivre. Ils pénètrent dans un bureau au fond du couloir. Un policier tape sur son ordinateur à une vitesse stupéfiante avec seulement ses deux index. Il ne lève pas la tête.

— Eh Marius, tu peux prendre la déposition de la dame ? Son fils a disparu.

— Disparition inquiétante ?

— Oui, je pense qu'il faut écouter Madame.

L'agent de police sort du bureau. Des cartes de la région et du métro sont affichées au mur. Une fenêtre minuscule laisse entrer la lumière. Des piles de dossiers menacent de s'effondrer au moindre souffle de vent. L'inspecteur fait signe à Maryse de s'assoir sur une des deux chaises devant son bureau. Il tape encore quelques mots et lève les yeux.

Elle raconte son histoire. Marius n'est pas convaincu. Il fait des mimiques l'air de dire « Encore une maman poule qui s'inquiète pour son fiston qui fait la fiesta quelque part ».

Maryse ne lâche pas l'affaire. Elle raconte l'enfance de Léo, sa dépression. Elle parle à toute vitesse.

— Nous avons surmonté ces problèmes. Ces épreuves nous ont soudés tous les trois. Léo ne nous laisse jamais sans nouvelles. Même pendant ses nombreux et lointains voyages, il trouvait toujours un moyen de nous rassurer. Il y a aussi sa meilleure amie, son double avec laquelle il ne se passe pas une journée sans qu'ils s'envoient des messages. Je vous assure qu'il faut faire des recherches. Je suis très inquiète.

Elle a les yeux humides. Elle triture son mouchoir en papier. De petites miettes blanches parsèment sa jupe. Marius s'adoucit et lui sourit gentiment.

— Calmez-vous, Madame. Nous allons le retrouver. De toute façon, il va sûrement réapparaître rapidement.

Il doit être en train de se remettre après une fête avec ses copains.

L'interrogatoire se poursuit : quand l'a-t-elle vu pour la dernière fois ? Comment était-il habillé ? A-t-il eu un comportement anormal ces derniers temps ? Est-il déjà parti plusieurs jours sans les prévenir ?

Maryse répond avec force détails. Elle n'oublie pas de mentionner l'incident avec le téléphone portable.

— Vous avez regardé ses messages ?

— Non, nous n'avons pas son code PIN. Nous l'avons simplement branché en espérant qu'il pense à nous appeler sur son propre numéro.

— Bonne idée, dit Marius en souriant. Cela vous ennuierait de nous le confier ? Nous aurions aussi besoin de son PC portable.

— Euh ... non, pourquoi ?

— Nos techniciens pourront les débloquer. Nous chercherons ainsi un indice sur le lieu où il peut être. La moindre petite information peut être importante. En attendant, je vais déclarer Léo au fichier des personnes recherchées. Toutes les gendarmeries et tous les commissariats de France auront l'information. Il faudrait me donner une photo de lui.

Maryse sort son téléphone portable.

— Celle-ci vous convient ?

— Oui parfait. Envoyez-la moi par mail à cette adresse, demande-t-il en lui tendant sa carte de visite. À partir de maintenant, votre fils est officiellement recherché. Je vous demande de nous tenir au courant, mes collègues ou moi, si la moindre chose vous revient ou si Léo ou quelqu'un d'autre vous contacte. Il faudrait également que son amie vienne me raconter ce qu'elle sait. Pouvez-vous lui demander de passer ?

— Oui, bien sûr. Je l'accompagnerai.

— Entendu. Je vous raccompagne.

Marius la reconduit à l'accueil et lui donne une poignée de main chaleureuse.

— Ne vous inquiétez pas. On va le retrouver votre garçon.

— Merci pour votre gentillesse, répond Maryse avec un pauvre petit sourire.

Chapitre 20

Émilie entre dans le commissariat. Elle a prévenu son bureau qu'elle ne pourrait pas venir aujourd'hui. Elle fera du télétravail. Maryse lui a demandé d'aller témoigner pour les aider à retrouver Léo. Elle était prête à l'accompagner. Elle lui a raconté que Jacques s'est fâché après elle. Il ne voulait pas prévenir la police. Il est persuadé que ça ne sert à rien. Il pense que Léo est absorbé par une partie de jeux vidéo chez un copain ou qu'il s'est laissé entraîner dans une fête : il lui a même parlé de *rave party* !

Émilie connait les rapports houleux qu'entretient Jacques avec la police. Il a souvent eu des ennuis avec eux dans sa jeunesse et passé quelques nuits au poste. Il n'était pas le dernier à se bagarrer lors des manifestations ou contrôles d'identité. Les « contrôles au faciès » le mettaient hors de lui. Comme par hasard, il ne se faisait jamais arrêter. Par contre, ses copains noirs ou arabes y avaient droit à tous les coups. Il ne pouvait pas résister : il l'ouvrait plus fort que tout le monde et finissait avec les menottes aux poignets. Avec l'âge, il s'est assagi mais garde une rancune tenace contre certains policiers qui ne se gênent pas pour jouer avec leur matraque sur la tête ou les genoux des manifestants. Et il a une fâcheuse tendance à généraliser. Il ne veut surtout pas voir son fils revenir encadré par deux policiers.

Pour rassurer Maryse, Émilie a accepté de passer même si elle n'a pas grand-chose à raconter. Elle s'approche de l'accueil et demande à parler à l'inspecteur qui est en charge du dossier de Léo.

— Il est occupé, Mademoiselle. Vous pouvez patienter là-bas. On vous appellera.

Elle s'assied sur une des chaises en plastique rouge. Pour chasser le stress, ses pouces pianotent sur son portable. Elle a découvert une nouvelle passion : l'aquarelle. Tout son temps libre est consacré à l'apprentissage de la méthode sur les nombreux sites qui existent. Elle a acheté le matériel nécessaire pour les débutants. La variété des couleurs et les possibilités infinies du dessin, en fonction de la dilution et de la façon de les appliquer sur le papier, la fascinent. Sa progression se voit clairement sur son compte Instagram. Les commentaires sont élogieux. Cette activité lui permet de se détendre et lui a beaucoup appris sur elle-même. Elle a découvert la persévérance et la patience.

Trouver le bon mélange de couleurs prend du temps et demande beaucoup d'essais.

— Mademoiselle ?

La jeune fille lève la tête. Devant elle se trouve un homme souriant, dans les trente-cinq ans, brun, yeux marrons. Son visage est taillé à la serpe mais ses yeux débordent d'empathie. Il a un charme certain et inspire immédiatement confiance.

— Vous venez nous apporter des informations à propos de la disparition de Léo ?

— Oui.

— Suivez-moi.

Marius l'entraîne dans son bureau et lui fait signe de s'assoir. Émilie est un peu intimidée. Être interrogée par la police est une première pour elle.

— Bien. Que pouvez-vous me dire ?

— Euh … en fait, pas grand-chose.

Ses jouent rosissent légèrement alors qu'elle regarde la carte sur le mur du fond. Même à un policier, elle ne racontera pas tout.

— C'est la mère de Léo qui a insisté pour que je vienne vous voir. Et elle m'a demandé de vous donner ça.

Elle sort le téléphone et le PC de Léo de son sac mais ne sait pas où les poser. Le bureau est encombré de dossiers.

— Ah oui. Merci. Donnez-moi tout ça. On va s'en occuper.

Il les remet à un agent qui part aussitôt avec.

— Bon, alors. Que pouvez-vous me dire sur votre … ami ? Petit ami ?

Marius prend des notes sur son ordinateur. Le clic-clic des touches résonne dans le bureau. Apparemment, pas de phrases, plutôt des mots à la suite les uns des autres.

— Nous sommes des amis très proches mais il n'y a rien entre nous. Les préférences de Léo vont vers les hommes. Il n'y a jamais eu d'ambiguïté.

L'inspecteur la regarde comme pour s'assurer que c'est bien la vérité. Émilie n'est pas surprise par cette question. Tout le monde pense qu'un homme et une femme ne peuvent pas être simplement amis. Ils sont souvent pris pour un couple. Mais cela a le don de l'agacer.

— Nous nous connaissons depuis notre naissance et avons toujours tout partagé. Sa mère a dû vous expliquer les périodes difficiles qu'ils ont traversées ?

— En effet.

— Léo s'est bien remis de tout ça et assume pleinement son homosexualité. Mais il a du mal à se stabiliser en amour comme pour le reste. Il voyage beaucoup, commence des projets qu'il ne termine jamais... Ces derniers temps, je l'ai trouvé souvent absent. Comme s'il était absorbé par quelque chose dont il ne veut pas parler. Lui qui me raconte tout d'habitude, ne raconte plus que des choses banales, sans grande importance. J'ai mis ça sur le compte de son dernier projet : l'ouverture d'un Escape Game.

— Tout ça ne me paraît pas bien inquiétant. C'est un jeune homme, encore en construction.

L'agent de police qui a accueilli Émilie passe la tête.

— Je peux te voir deux minutes ? C'est urgent.

— J'arrive.

Marius se lève et s'adresse à la jeune fille :

— Je n'en ai pas pour longtemps.

Il sort de la pièce. Émilie regarde le bureau. Elle ne supporterait pas de travailler dans un capharnaüm pareil. La pile de dossiers sur le coin du bureau penche dangereusement. Elle ne peut s'empêcher de la redresser légèrement. Ses yeux se posent sur la couverture beige : « Monsieur Dupont - Meurtre ». Soudain elle réalise que des choses terribles se disent dans ce bureau. L'inspecteur se rassied sur son siège élimé.

— Excusez-moi. Où en étions-nous ?

— Je vous disais que ce qui m'inquiète vraiment, c'est de n'avoir *aucune* nouvelle de Léo. Nous n'avons jamais passé plus d'une journée sans échanger un message. Même un jour où on lui avait volé son téléphone, il a trouvé le moyen de me contacter. La seule exception est quand il voyage dans des contrées reculées, comme il dit. Mais là : rien depuis quatre jours. Je sais que tout le monde doit vous tenir le même discours, mais je vous assure que cela ne lui ressemble absolument pas.

Marius sent son inquiétude. *Elle est vraiment inquiète. Elle a l'air d'avoir la tête sur les épaules.*

— Nous allons faire le maximum pour le retrouver. Il est dans le fichier des personnes disparues. Par contre, il faut savoir que si nous le retrouvons, il a le droit de disparaitre à nouveau sans prévenir personne. Et nous ne pourrons rien faire. Nous ne sommes pas obligés d'alerter la famille.

Marius se lève et accompagne Émilie vers la sortie.

— Merci de vous être dérangée. Bonne journée, Mademoiselle.

— Merci. Bonne journée également.

Émilie est soulagée. Sa déposition s'est bien déroulée. Il n'y a plus qu'à attendre des résultats. Léo lui manque cruellement. Elle envoie un message à Maryse pour l'informer qu'elle s'est rendue au commissariat et qu'il n'y a rien de nouveau.

Elle rentre rapidement chez ses parents pour travailler même si elle aimerait bien se replonger dans « L'Institut » de Stephen King. Son frère Jules lui a fait découvrir les livres audio il y a six mois, à elle qui déteste lire. La lecture audio a été une révélation et est devenue un de ses passe-temps favoris. C'est aussi un bon exercice pour quelqu'un qui pense toujours à mille choses à la fois. Elle est obligée de se concentrer. Mais pour l'instant, pas le choix, le travail l'attend. Surtout qu'elle a pris beaucoup de retard aujourd'hui.

La journée passe à toute vitesse. Elle rejoint sa mère dans la cuisine et lui raconte sa matinée.

— C'est affreux ce qui leur arrive. J'espère qu'il va vite se manifester ou que la police va le retrouver, compatit Lucie.

Émilie rentre chez elle après le repas. Allongée sur son lit, elle lance un appel sur son groupe Facebook. Beaucoup de ses amis connaissent Léo.

Elle publie une photo de lui : « Aidez-moi à retrouver Léo. Nous n'avons pas de nouvelles depuis trois jours. Il aime se balader dans les rues de Paris ou au bois de Vincennes. »

Elle est vraiment inquiète. Agitée, elle tourne en rond, s'approche de la fenêtre comme si Léo pouvait arriver. Elle s'en veut de n'avoir rien vu. Elle qui le connaît par cœur. Elle aurait dû ressentir son mal-être, le soutenir. Lucas la rassure comme il peut.

— Tu sais comment il est. Quand il ne veut pas, il ne montre rien. C'est une vraie tête de pioche.

Chapitre 21

Léo est affalé sur la pelouse d'un square caché tout au bout d'une petite ruelle. L'été est si chaud cette année que la plupart des espaces verts sont ouverts au public jour et nuit. Les parisiens y cherchent un peu de fraîcheur sous le ciel étoilé. Pourtant, en ce dimanche matin, seuls de rares passants arpentent les allées.

Il s'est désaltéré à la fontaine à disposition des promeneurs. Une vieille barre de céréales, retrouvée au fin fond de son sac, a suffi à lui remplir l'estomac. Son bel appétit a disparu. Il ne ressent plus la faim ni la fatigue. Cette dernière lui tombe dessus sans prévenir. Et il dort peu : trois, quatre heures maximum à chaque fois.

Entre deux périodes de repos, il marche inlassablement. À la recherche des nombres. Paradoxalement, une énergie est en lui qu'il n'a jamais connue. Le reste du monde n'existe plus. Il vit dans sa bulle.

Lors de son dernier somme, il a revécu son aventure en Afrique du Sud. Après une visite de Cape Town et du Swaziland, il s'est rendu avec son groupe d'amis dans la province du Mpumalanga. Au cours d'une randonnée, il s'est cassé le bras et a été conduit à l'hôpital public de Nelspruit. La médecine est à deux vitesses en Afrique du Sud. Ceux qui ont les moyens de se payer une assurance se soignent dans le privé. Les autres vont dans le public. D'après ce qu'on leur a dit, les différences entre les deux sont énormes. Léo n'a pas eu le choix. Le taxi qu'ils ont interpelé les a directement amenés à cet hôpital.

Le site est ceinturé de grillages. Des gardes armés stationnent devant l'entrée. Les visiteurs doivent montrer une autorisation pour entrer voir leur proche. Il s'agit d'un petit carton bleu sur lequel sont indiqués les noms du visiteur et du malade. Léo revit dans son rêve son arrivée et sa prise en charge par les infirmières. Il est conduit dans une sorte de box ouvert dans lequel un jeune est déjà allongé sur un lit. Il semble dormir. On indique à Léo de s'allonger sur le deuxième lit. L'atmosphère est étrangement calme car il n'y a quasiment pas de visiteurs. Des femmes sont assises sur un banc avec leurs enfants en attendant de voir un médecin. Un homme en blouse bleue, tongs aux pieds, passe avec sa serpillière. Il nettoie le sol à longueur de journée.

Le jeune en face de Léo se lève avec difficulté. Vêtu d'un pantalon de jogging bleu marine trop grand pour lui et d'un sweat à capuche assorti, il tangue. Ses yeux partent dans le vague. Il avance à pas lents, en trainant les espèces de savates qu'il a au pied. Léo le regarde avec curiosité.

Il a l'air complètement drogué. Ou alors ils l'ont shooté avec des médicaments pour qu'il se tienne tranquille. Il ne va jamais réussir à revenir.

Un docteur vient examiner le bras de Léo. Un brancardier l'emmène pour une radio. Ils passent dans de longs couloirs sombres, sans fenêtre. Seules des ampoules faiblardes apportent un semblant d'éclairage. Après l'examen, un infirmier lui plâtre le bras. Il est déjà tard et Léo retourne dans son box pour la nuit. Le jeune s'est recouché et rendormi. Léo n'arrive pas à dormir. Il se lève et part explorer l'hôpital. Il passe devant cinq ou six box identiques à celui où il était puis s'aventure dans un couloir. Il se heurte rapidement à une porte grillagée solidement fermée à clé. Il n'y a pas moyen de trouver un distributeur ou quelque chose à manger. Seule l'eau est à volonté. Une infirmière le rappelle à l'ordre. Elle est mécontente qu'il se soit éloigné de son box. Il retourne se coucher et finit par trouver le sommeil. Le lendemain, ses amis ont le plus grand mal à le rejoindre. Les gardes à l'entrée ne veulent rien entendre : pas de petit carton bleu, pas de visite. Ils finissent par leur faire comprendre qu'ils ne viennent pas en visite mais pour qu'il reparte avec eux. L'un des deux gardes prend son téléphone et discute en swati, langue la plus parlée avec le zoulou dans cette province, pendant ce qui leur semble une éternité. Il leur fait signe de patienter. Au bout d'une bonne demi-heure le jeune homme apparaît tout sourire le bras plâtré. Depuis ce séjour, il a une peur bleue de se retrouver enfermé dans un hôpital.

Léo sursaute et regarde autour de lui. Il fait très chaud, mais rien à voir avec la chaleur de l'Afrique. Il lève son bras gauche puis le droit. Hausse les sourcils.

Bon, où est passé mon plâtre ? Et ces arbres ? Ils ressemblent à des chênes. Où sont les Jacarandas ?

Il se tord le cou dans tous les sens à la recherche de ces fameux arbres flamboyants recouverts de fleurs violettes.

Son cœur s'accélère. Il tourne la tête à droite et à gauche, commence à s'affoler. Soudain un chien s'approche et lui lèche le visage. Léo sourit, écarte les bras et enserre le cou du chien tout en enfouissant la tête dans son doux pelage.

— Ah mon bon Rio ! Enfin je te retrouve.

Le chien, surpris, s'écarte. Léo le retient. Le chien commence à grogner doucement et montre les dents.

— Brutus ! Brutus !

Le chien parvient à se dégager et s'enfuit vers son maître. Léo est désemparé. Il se prend la tête entre les mains. Des larmes roulent sur ses joues. Il se remet en boule sur le gazon un long moment.

Tout à coup, il se redresse, met son sac sur ses épaules et repart en marmonnant.

Bon, je cherche le quatrième nombre. Je cherche le quatrième nombre.

Chapitre 22

Jacques et Henry s'installent à la terrasse d'un café. Ils commandent une formule « Petit déjeuner » : café, croissants et jus d'orange. Ils s'offrent régulièrement ce petit plaisir.

Cette fois, c'est Jacques qui a donné rendez-vous à Henry. Il fait bonne figure devant sa femme pour ne pas aggraver son angoisse mais commence à être sérieusement inquiet lui aussi.

Il a vu un reportage où des jeunes sont complètement perdus après avoir avalé des drogues. Ils errent sans savoir ce qu'ils cherchent ni où ils veulent aller. Des dealers les repèrent pour leur vendre d'autres drogues en leur promettant qu'ils retrouveront une vie normale.

Il commence à se faire des films avec tout ce qu'il voit et entend. Il se confie à Henry.

— Je suis sûr qu'il est sous l'emprise de drogues. Il a dû se faire embrigader par un gang qui se sert de lui.

— Il faut que tu arrêtes de regarder tous ces reportages. Tu penses bien que la police a déjà fait des recherches dans ce sens. Ils connaissent tous ces trucs-là. Visiblement, la disparition de Léo est prise au sérieux.

— Ou alors, il est mort. Son corps est au fond d'un ravin, d'une rivière ou d'un étang. On ne le retrouvera pas avant plusieurs mois.

Henry regarde son ami avec inquiétude. Il ne l'a jamais vu comme ça, perdre le bel optimisme qui le caractérise. Il ne sait comment le rassurer.

Le fruitier sur le trottoir d'en face lève son rideau de fer. Le ballet quotidien commence. Il sort les meubles sur roulettes qui vont constituer son étal. Il s'assure de leur bonne position et les bloque avec des cales pour éviter tout accident. Du papier de couleur en tapisse le fonds. Sa fille apporte les paniers de fruits. Elle les installe de façon artistique. Pour elle, chaque étal représente un tableau de natures mortes.

— Maryse est en train de devenir folle.

Absorbé par la contemplation de la jeune fille, très jolie et souriante, Henry en a presque oublié son ami.

— Pourquoi tu dis ça ?

— Elle est allée voir la police. Ce matin. À l'aube, pour que je ne l'en empêche pas. Tu te rends compte ? Me faire ça à moi ?

— Je sais mais elle a bien fait. Tu dois mettre tes rancunes de côté. C'est du passé tout ça. Et dans votre cas, il faut leur faire confiance. Émilie aussi est allée leur dire le peu qu'elle sait.

La jeune fille a installé presque tous les fruits. Elle traverse la rue et se campe dos à la table des deux hommes pour juger son « œuvre ». Henry ne peut s'empêcher de jeter un regard admiratif à sa chute de reins. Il fait un clin d'œil à Jacques, mais celui-ci a le regard plongé dans sa tasse de café. La jeune fille a l'air satisfait. Elle les salue en souriant et retourne sur le trottoir d'en face pour replacer quelques fruits çà et là. Le même manège se répète pour l'installation des légumes. Le fruitier en a apporté plusieurs caisses. Le tout doit attirer l'œil. Des clients, sûrement des habitués, sont déjà là. Ils commencent à saisir quelques fruits dans le tableau éphémère créé par la jeune fille.

Henry fait signe au serveur et règle les formules.

— Allez, viens, on va marcher un peu. Ça va te faire du bien.

Il finit par détourner les pensées de Jacques pendant quelques instants en lui mimant des joggeurs qu'il croise régulièrement mais qui ont toujours du mal à mettre un pied devant l'autre sans trébucher ou manquer se prendre un arbre. Il se donne tant de mal et a un rire si communicatif qu'il réussit à obtenir un sourire avec ses clowneries.

Chapitre 23

Léo se rend d'un pas alerte dans le village Saint-Paul. Ce quartier de Paris est un dédale de cours pavées dans lesquelles seuls les piétons ont le droit de s'aventurer. De petits drapeaux colorés indiquent chaque commerce : pour la plupart des antiquaires et des designers. Le jeune homme y est souvent venu chiner avec ses parents.

Sur la place du marché Sainte-Catherine, il tourne sur lui-même pour admirer les façades. La place est arborée. Des hommes et des femmes sont attablés aux terrasses des restaurants. Certains prennent un café avec un croissant, d'autres un apéritif, quelques-uns sont déjà en train de déjeuner. C'est ce qu'il aime à Paris : cette liberté, cette diversité. Des enfants, las de rester à table près de leurs parents, courent dans tous les sens en riant. Une vieille dame est assise sur un banc au soleil. Elle tient son livre ouvert à la main mais son regard est attiré par les enfants. Quelques mélodies s'échappent d'un saxophone. L'atmosphère est paisible. Léo s'assied sur un banc et scrute tout autour de lui.

Bon, le quatrième nombre est ici. Le quatrième nombre est ici.

Soudain, il se fige. Ses yeux s'écarquillent, se ferment, se rouvrent. Il a l'air paniqué. Il monte debout sur le banc et pointe du doigt un petit immeuble de deux étages.

Les tuiles faîtières s'écartent lentement. Le toit semble littéralement s'ouvrir par le haut. Des ardoises commencent à tomber. Léo se précipite vers le bâtiment en hurlant :

— Sortez ! Ne restez pas là !

Chaque pan du toit est maintenant vertical, dressé vers le ciel. Léo reçoit une pluie de tuiles. Des fissures de dix centimètres apparaissent sur les murs. Il ne comprend pas pourquoi personne ne réagit. Il frappe de toutes ses forces, de ses deux poings, sur la porte d'entrée mais n'obtient pas de réponse. Il sent la maison trembler sur ses fondations.

— Bon, aidez-les ! Ils vont mourir ! Vite !

Des passants le regardent avec inquiétude et traversent pour ne pas passer à côté de lui. Les consommateurs sont presque tous tournés vers lui. Personne n'ose s'approcher. Mais Léo se blesse les mains à force de taper sur la porte. Il saigne. Il est en sueur. Il ressemble à un dément.

Un homme se lève.

— Je suis médecin. Venez m'aider. Appelez les secours.

Deux hommes le suivent. Un autre saisit son téléphone et compose le 112.

Les trois hommes peinent à maîtriser Léo qui hurle toujours. Ils le maintiennent au sol pour qu'il ne se blesse pas. Soudain, il ne réagit plus, se transforme en poupée de chiffon. Plus un bruit ne sort de sa bouche. Un attroupement se forme.

— Éloignez-vous ! intime le docteur.

Des personnes prennent les choses en main et forment une barrière de protection. La sirène des pompiers retentit au loin et se rapproche rapidement. Le médecin qui est intervenu leur explique la scène incompréhensible qu'ils viennent de vivre.

— Ce jeune homme vient de vivre tout à coup un gros délire. Il est pris en charge maintenant. On va s'occuper de lui. Merci à tous.

Léo est toujours inanimé. Les pompiers lui mettent un masque à oxygène, pansent ses mains rapidement pour stopper les saignements et vérifient qu'il n'a rien de cassé. Il est transporté sur une civière dans le camion, direction l'hôpital le plus proche.

Quand il ouvre les yeux, il ne comprend pas où il est. Le soleil qui pénètre dans la chambre toute blanche lui fait mal à la tête. Une perfusion est accrochée à son bras. Le lit à côté du sien est vide. Il est seul. Il se rendort.

Alors qu'il se réveille à nouveau, une infirmière est en train de régler la perfusion.

— Ah ! Bonjour jeune homme ! Comment vous sentez-vous ?

— Bon, je suis où ?

— Vous êtes à l'hôpital Saint-Antoine.

— Pourquoi ?

— Vous avez eu une sorte de crise et les pompiers vous ont amené ici. Vous ne vous souvenez de rien ?

Léo fronce les sourcils.

— Euh … non.

— Maintenant que vous êtes réveillé, il va falloir nous dire qui vous êtes. Vous vous appelez comment ?

— Léo.

— Léo comment ? Vous avez de la famille que nous pouvons prévenir ?

— Je sais pas. Où est mon sac ?

— Dans le placard, avec vos affaires. Ne vous inquiétez pas. Par contre, nous n'avons trouvé ni papiers, ni téléphone. À peine quelques pièces de monnaie. Que vous est-il arrivé ?

Léo ne répond plus. Il a l'air exténué. L'infirmière le laisse se reposer et sort de la chambre. Il dort.

Une heure plus tard, un médecin entre, accompagné de l'infirmière. Il repose les mêmes questions et Léo ne lui apporte pas plus de réponse.

— Vous allez rester avec nous cette nuit et nous verrons si votre mémoire revient.

Léo hoche la tête et referme aussitôt les yeux. Il entend le médecin s'adresser à l'infirmière en sortant de la chambre :

— Demain, nous le transférerons en psychiatrie. Ils arriveront bien à le faire parler.

À ces mots, Léo sent une boule d'angoisse lui envahir le ventre. Il se revoit enfermé dans l'hôpital en Afrique du Sud.

Non ! Pas chez les fous ! Faut que je sorte de là.

Il essaie de se lever mais sa tête se met à tourner. L'aiguille de la perfusion lui fait mal alors qu'il bouge son bras. Il se remet sur l'oreiller et prend de grandes respirations. Petit à petit, il retrouve son calme. Il regarde comment il peut se débarrasser de cette aiguille.

Il s'assied très doucement, s'y reprend à deux fois mais tient assis sans vertige. Un verre d'eau se trouve sur la tablette à côté du lit. Il le vide d'un trait et se tient tranquille à nouveau quelques minutes. Quand il se sent prêt, il enlève très lentement l'aiguille de son bras. Le sang perle sur sa peau si blanche et une goutte tombe sur les draps. Il appuie fortement avec son doigt et replie le bras.

Au bout de quelques minutes, il parvient à se mettre debout et avance en se tenant le long du lit. Il réalise qu'il n'est vêtu que d'une chemise d'hôpital à peine fermée par un cordon à l'arrière.

Bon, pourvu que mes habits et mes chaussures soient là-dedans.

Il ouvre la porte du placard et pousse un soupir de soulagement. Tout est là ! Il s'enferme dans les toilettes avec ses affaires et entreprend de s'habiller. Il se sent mieux maintenant qu'il a récupéré ses maigres possessions. Comme d'habitude, il n'avait pas ses papiers sur lui. Deux tickets de métro et un billet de dix ou vingt euros (en fonction de ce que ses parents laissent dans le vide-poche de l'entrée) : c'est en général ce qu'il prend quand il part de chez lui.

Il entrebâille la porte de sa chambre pour regarder dans le couloir. Beaucoup de monde circule : ce doit être l'heure des visites.

Bon. Allez ! Faut y aller. Si j'attends trop, je vais me faire gauler. Et je dois trouver le quatrième nombre.

Personne ne fait attention à ce jeune homme qui marche tranquillement avec son sac sur le dos. Le personnel est bien trop débordé pour avoir l'œil sur tout. Quant aux visiteurs, ils ne peuvent pas deviner qu'ils croisent un fugitif. Léo choisit de prendre les escaliers pour ne pas risquer de se trouver nez à nez dans l'ascenseur avec le médecin ou l'infirmière qui sont venus dans sa chambre. Il doit s'arrêter après la première volée de marches. Sa tête tourne. L'odeur de l'hôpital le rend nauséeux. Il s'assied quelques minutes.

Il entend deux personnes descendre en discutant. Il se relève un peu vite. Il se cramponne à la rampe et descend le plus rapidement possible.

Une porte claque. Les voix s'éloignent. Léo reprend sa respiration et arrive enfin au rez-de-chaussée.

Il sort de l'hôpital. Personne ne remarque ce jeune homme hagard et en sueur.

Chapitre 24

L'infirmière est soucieuse pour le patient de la chambre 304.

Il a l'air complètement à côté de ses pompes. Il a à peu près le même âge que mon fils. Ses parents ne doivent pas savoir où il est. Ils sont sûrement morts d'inquiétude.

Elle décide de passer une tête dans la chambre entre deux soins pour voir si tout va bien.

Son métier est une vraie passion qu'elle a depuis toute petite. Rien ne la rebute. Elle voue toute sa vie à ses patients. Cela lui a coûté son couple. D'habitude, on dit que ce sont les conjoints des policiers qui ne tiennent pas le coup. Elle a négligé son mari et son fils pour soulager des inconnus. Ses « hommes » en ont eu assez qu'elle préfère s'occuper d'étrangers plutôt que de sa famille, parfois sans même les avertir. Un soir, ou plutôt une nuit, elle a trouvé l'appartement quasiment vide : il ne restait plus que ses affaires à elle et un petit mot sur la table : « On part. »

Elle n'a pas eu de nouvelles pendant deux jours. Elle était folle d'inquiétude. Ils ne répondaient pas à ses appels. Elle a fini par se dire qu'il leur était arrivé quelque chose.

Malgré tout, elle venait tous les jours à l'hôpital. La porte franchie, elle mettait sa carapace, ses problèmes de côté et se consacrait aux malades.

Le troisième jour, elle est sortie prendre l'air pendant sa pause. Elle aime bien s'installer sur un banc sous les arbres ou sur les murets qui bordent l'allée menant à l'hôpital. Des patients se dégourdissaient les jambes en profitant du soleil. Tout à coup, elle a vu son fils qui l'attendait. Elle a cru défaillir de joie. Mais, comme d'habitude, elle a pris sur elle. Elle l'a serré dans ses bras, mais sans lui montrer la force de son amour et son soulagement indicible.

— Mais où étiez-vous ? Vous n'avez pas répondu à mes appels.

— On en a marre, maman. Tu ne vis que pour les autres. Tu ne te donnes même pas la peine de nous prévenir quand tu ne rentres pas. Papa ne veut plus te voir.

Elle s'est laissée tomber sur le muret en béton. A secoué la tête.

— C'est pas possible. C'est mon métier, ma passion. Vous ne pouvez pas me punir pour ça. Tu sais que je vous aime plus que tout.

— C'est devenu invivable. On n'a plus de temps ensemble. Le plus souvent, tu passes en coup de vent, pour repartir deux heures plus tard.

— Et toi ?

— Je vais vivre avec papa. Il a un copain qui lui prête un appart en attendant qu'on en trouve un à nous.

Ses épaules s'affaissent. Elle a l'impression que son monde s'effondre.

— Tu viendras chez moi, enfin chez nous, quand même ?

— Je ne sais pas… J'ai besoin d'un peu de temps et puis il faudra que tu t'organises pour être là quand je viendrai. Sinon, ce n'est pas la peine. Allez, j'y vais. Papa m'attend.

Il lui a fait une bise rapide sur la joue et est parti sans se retourner.

Elle était sonnée. Elle n'avait même pas remarqué l'ampleur de la catastrophe qui se jouait chez elle pendant qu'elle se consacrait à d'autres. Ce souvenir avec son fils lui rappelle qu'un autre jeune homme a besoin d'elle.

Elle entrebâille la porte de la chambre 304. Le lit est vide.

Il doit être aux toilettes.

Elle tend l'oreille mais n'entend aucun bruit.

— Léo ? Tu es là ? Tout va bien ?

Pas de réponse. Elle aperçoit une tache de sang sur le lit et la perfusion qui pend. Elle cogne à la porte des toilettes.

— Léo ?

Elle ouvre la porte : personne. Elle vérifie dans le placard : il n'y a plus rien. La blouse de l'hôpital est roulée en boule dans la poubelle. Elle sort en courant dans le couloir et interroge ses collègues.

— Quelqu'un a vu le jeune homme de la 304 ?

— Non, pourquoi ?

— Il n'est plus dans sa chambre et il a arraché sa perfusion. Il a pris toutes ses affaires.

Personne n'a vu Léo. Un signalement est fait au commissariat. Mais vu le peu d'informations dont ils disposent… Pourtant un inspecteur se déplace en fin d'après-midi et montre plusieurs photos à l'infirmière. Elle pointe du doigt, sans hésiter une seconde, celle de Léo.

— Vous le reconnaissez ?

— Mais oui, c'est bien lui. Qu'est-ce qu'il a fait ?

Elle entraîne l'homme dans le bureau des infirmières pour pouvoir parler tranquillement.

— Il a disparu et un avis de recherche a été lancé. Comment est-il arrivé là ?

— Il a eu une sorte de crise de folie dans la rue. Les pompiers l'ont amené ici. Il était déshydraté et n'avait sûrement pas mangé grand-chose depuis plusieurs jours. Il ne se souvenait que de son prénom et tenait à récupérer son sac. Cela avait l'air vital pour lui. Il n'avait ni papiers ni téléphone portable. Juste un petit carnet dans lequel étaient notés des nombres. Et quelques pièces de monnaie.

— Merci. Nous allons prévenir ses parents et intensifier nos recherches.

— Tenez-moi au courant. Au revoir, inspecteur.

— Au revoir.

L'infirmière jette un coup d'œil à la pendule accrochée au mur. Elle n'a pas le temps de s'inquiéter pour Léo. Elle a déjà pris beaucoup trop de retard et doit s'occuper de ses patients. Elle entre dans la chambre 306 avec un grand sourire.

— Alors, Madame Pivoine, comment vous sentez-vous ?

Chapitre 25

Léo sifflote. Il est heureux. Le soleil brille et lui réchauffe le cœur. Il pense à Émilie.

Il faudra que je revienne avec elle. Tous ces passages sont magnifiques. Elle ferait de belles photos. On pourrait les exposer dans mon Escape.

Il entre par hasard dans le passage du Chantier, situé à deux pas de l'hôpital Saint-Antoine. Les enseignes et les pavés en font un endroit pittoresque. Les magasins de cette ruelle, avec leurs devantures multicolores, vendent des meubles. Le savoir-faire des ébénistes d'autrefois est omniprésent.

J'organiserai une expo de ses photos à l'accueil de mon local. Comme ça elle deviendra célèbre. Bon, je dois trouver le quatrième nombre.

Tout en marchant d'un bon pas (la perfusion lui a redonné des forces), Léo refait un point sur son projet.

Bon, chaque salle reflètera fidèlement mon aventure. Il ne me manque plus que deux nombres. Quand les aventuriers en auront trouvé cinq, ils arriveront dans la dernière pièce. L'empilement des crânes dans la pénombre créera un effet de surprise et une atmosphère *inquiétante comme dans les catacombes. Je mettrai un éclairage simulant la lumière de bougies. Cette pièce devra être fraîche et humide pour accentuer le réalisme. Il faut que je réfléchisse à l'ultime énigme qui permettra de trouver le coffre. Chaque nombre devra être tapé avec une * entre deux. Son ouverture dévoilera un bouton. Quand on appuiera dessus, le crâne en or s'éclairera et brillera de tous ses feux au milieu des autres. Le jeu sera terminé. Ça va cartonner.*

Léo est absorbé par son projet. Plus rien d'autre n'a d'importance. Il ne se rend même pas compte qu'il ne vit plus dans la réalité. Son seul objectif est de trouver les nombres. Il en oublie de manger et de boire. Il ne pense pas à ses parents, sa grand-mère, ses copains.

Il se retrouve sur la place de la Nation. Il ne la reconnaît pas. Elle a été complètement réaménagée. Des arbres ont été plantés partout, des espaces créés pour les promeneurs et les terrasses des cafés étendues. Il subsiste peu de place pour les voitures.

Ça doit être sympa aux heures de pointe... Bon, il vaut mieux se déplacer en vélo ou à pied ! Ah ces parisiens qui veulent tout : la campagne à la ville et la ville à la campagne. Quand je pense au pauvre Maurice qui a failli être cuisiné au vin rouge à cause de propriétaires de résidences secondaires qui ne supportaient pas son chant ! Même pas là toute l'année. On marche sur la tête...

L'histoire du coq de Saint-Pierre d'Oléron a défrayé la chronique. Léo a signé plusieurs pétitions pour sauver Maurice. Le procès a finalement donné raison à la propriétaire du coq.

Léo se rend au centre de la place et s'installe quelques instants sur un banc. Il regarde autour de lui et commence à compter ... les bancs. Il se lève, fait le tour, sort son petit carnet et note :

$$\boxed{4} = 95$$

Il range précieusement le carnet au fond de son sac d'un air satisfait.

Bon, voilà ! Plus qu'un et je vais pouvoir ouvrir mon affaire. Papa et maman vont être fiers de moi.

Il ne lui vient pas à l'esprit que, pour l'instant, ses parents sont morts d'inquiétude.

Il boit une gorgée d'eau à l'une des nouvelles fontaines et reprend sa quête sur le cours de Vincennes.

Chapitre 26

Marius, l'inspecteur qui a reçu Maryse et Émilie à propos de la disparition de Léo, est inquiet pour ce gosse. Les deux femmes l'ont touché. Et il trouve que la disparition dure depuis un peu trop longtemps. Cinq jours : ce n'est pas une simple fugue ni un caprice. Il lui est forcément arrivé quelque chose. En plus, il y a ce signalement de l'hôpital. D'après l'infirmière, Léo était dans un sale état psychologique.

Pourvu qu'il ne se perde pas ou n'aille pas se fourrer dans une sale histoire.

L'inspecteur en a tellement vu des jeunes qui perdent le nord. Et encore, personne ne lui a parlé de drogue ou d'alcool. Il semble que le gosse soit clean de ce côté-là.

Mais qu'est-ce qui a bien pu lui passer par la tête ? Un retour de sa dépression ? Sa mère l'aurait vu venir. Quoique ... Les proches sont souvent les derniers à s'apercevoir quand il y a un problème. Mais eux, avec le passé qu'ils ont ?

Marius n'aime pas ça. Il a une mauvaise intuition et ses intuitions le trompent rarement. Il passe un coup de fil à Maryse.

— Bonjour. C'est l'inspecteur Marius à l'appareil.

— Ah … bonjour. Vous avez retrouvé Léo ?

— Malheureusement non. Vous êtes chez vous ? Je peux passer vous voir ?

— Oui, bien sûr. Je vous attends.

— Merci. Je serai là dans dix minutes.

En chemin, il se demande comment aborder l'épisode de l'hôpital. Tout ça est très obscur pour l'instant. Il voudrait ne pas en rajouter à l'inquiétude des parents. Il se gare devant le pavillon et donne un coup sec sur la sonnette. Il aperçoit le rideau bouger. Maryse devait le guetter car la porte d'entrée s'ouvre aussitôt. Rio sort et se rue vers lui en agitant la queue.

— Rio ! Ici ! Entrez, n'ayez pas peur. Il est content d'avoir de la visite. Un vrai chien de garde… soupire-t-elle.

Marius s'avance dans l'allée tout en caressant le chien.

— Installez-vous. Vous voulez que je vous fasse un café ?

— Je veux bien, merci.

Pendant que Maryse est dans la cuisine, Marius inspecte le salon. Les photos d'une famille heureuse sont posées sur les meubles ou accrochées au mur : à la mer, au ski, en montgolfière, en randonnée. Tout ça respire le bonheur. Un panneau avec une collection de cartes postales attire son regard.

— Vous avez fait tous ces voyages ?

Maryse réapparait avec un plateau sur lequel se trouvent deux tasses de café.

— Ah non, je déteste voyager. C'est Léo, le globe-trotteur. Pas une seule fois, il n'a oublié de nous envoyer une carte. Quand je vous dis qu'il ne nous laisserait pas sans nouvelles. Vous voulez du sucre ?

— Non merci. Je voulais vous poser quelques questions.

— Allez-y.

— Quand Léo a fait sa dépression, il était comment ? Énervé ? Apathique ?

L'inspecteur boit une gorgée de café.

— Ah ça non, il n'était pas énervé. Il était renfermé sur lui-même. On le retrouvait même souvent roulé en boule dans son lit. Il ne voulait voir personne. Rien faire. Il ne s'habillait ni ne se lavait si nous ne le poussions pas. D'ailleurs, il ne sortait jamais de la maison.

— On peut donc exclure une nouvelle dépression.

— Oui. Surtout qu'il était heureux ces derniers temps et avait son projet d'Escape Game sur lequel il a commencé à travailler.

— Il prend des médicaments ?

— Non. Rien depuis cinq ans.

— Drogue ? Alcool ? Désolé, mais je suis obligé de vous poser la question.

— Non. Pas à ma connaissance.

— Ses fréquentations ? À part Émilie ?

— Il a peu de copains. Vous savez être homosexuel, même de nos jours, peut être mal vu. Alors il se contente d'un petit réseau de proches, sans préjugés. Mais pourquoi toutes ces questions ?

Marius sort son carnet de sa poche et le feuillette. Il prend un instant pour bien formuler ce qu'il a à dire à cette maman angoissée.

— On a trouvé une trace de Léo.

Maryse écarquille les yeux. Des mots tentent de sortir de sa bouche mais elle ne parvient pas à parler.

— Un jeune homme a été hospitalisé à l'hôpital Saint-Antoine.

L'inspecteur voit l'affolement gagner la mère de Léo. Il tente de l'apaiser d'un geste de la main.

— Ne vous inquiétez pas, il n'avait rien de grave. Il n'avait pas de papiers et correspondait à la description de Léo alors je suis allé vérifier. L'infirmière l'a reconnu sur la photo.

— « sur la photo » mais pourquoi ? Il n'est plus à l'hôpital ?

L'inspecteur semble gêné pour lui livrer la suite de l'histoire. Il se racle la gorge.

— En fait, il s'est échappé. Nous ne savons pas où il est.

Maryse se tord les mains et commence à sangloter.

— Calmez-vous. On sait qu'il va bien.

Il lui raconte ce que l'infirmière lui a expliqué.

— Je voudrais voir sa chambre. C'est possible ?

— Bien sûr. Suivez-moi.

Ils montent les escaliers et entrent dans la chambre de Léo. Tout est impeccablement rangé. Les posters des ZZTops tapissent toujours les murs. Marius prend un air surpris.

— Ce n'est pas comme ça d'habitude. Je n'ai pas pu m'empêcher de tout ranger et faire le ménage. Comme quand il part en voyage. Et les barbus au mur, il en est fan depuis tout jeune. Un vrai coup de foudre qui dure.

Marius quitte Maryse avec quelques mots de réconfort et retourne au commissariat.

Chapitre 27

Ce mardi matin, Maryse tourne en rond dans la chambre de Léo. Cela fait maintenant cinq jours que Léo a disparu. Elle s'assied sur le bord du lit. Une photo accrochée au mur attire son attention. Elle s'approche. Émilie, Jules et Léo posent au bord de la mer. Cette photo doit dater d'au moins dix ans. Elle se souvient.

Ils avaient un mobil home sur l'île d'Oléron. Ils y allaient beaucoup pendant les vacances scolaires et invitaient les copains de leurs enfants. Cette année-là, c'était les vacances de la Toussaint. Le temps était magnifique : 26° avec un soleil éblouissant. Ils étaient tous les cinq en maillot de bain sur la plage et s'étaient baignés. Jules et Léo faisaient un concours à celui qui tiendrait debout le plus longtemps sur sa planche. C'était une de ces nouvelles planches qui faisaient fureur à l'époque. Il fallait se lancer en courant, au bord de l'eau. Puis monter sur la planche et rester dessus le plus longtemps possible. Ils avaient passé des vacances formidables. Maryse est nostalgique.

Je me demande où il est. Il doit avoir faim. Il est parti sans argent. Pourvu qu'il ne soit pas blessé.

Tout à coup, elle se souvient que son fils a dormi chez sa grand-mère avant de disparaître. Quand elle a appelé sa mère au téléphone le lendemain du départ de Léo, celle-ci lui a dit qu'ils avaient passé une super soirée. Maintenant, avec le recul, elle se dit qu'Émeline avait l'air un peu étrange. Comme si elle cachait quelque chose. Pressée d'aller au travail, Maryse n'y a pas pris garde. Elle prend son téléphone et cherche le numéro dans les favoris.

— Allô maman ? Tu es chez toi ?

— Oui ma chérie, pourquoi ?

— Tu m'offres un café ?

— Avec plaisir. Je t'attends.

Maryse sait qu'en discutant face à face, sa mère ne pourra rien lui cacher. Elle envoie un message à Jacques pour lui dire qu'elle rentrera un peu plus tard. Quand elle arrive en haut des escaliers en bois, elle hume l'odeur du café si caractéristique de chez sa mère. Émeline fait du café toute la journée. Sa vieille cafetière italienne trône sur le gaz en permanence. Elle fait venir le café de la coopérative de Kirinyaga Station au Kenya. C'est un café préparé selon la méthode kényane : fermentation en bassin puis second lavage ce qui lui confère un style caractérisé par la pureté et le fruité. C'est le seul luxe d'Émeline. Elle en boit cinq à six tasses par jour minimum. On se demande comment elle arrive à dormir la nuit. Certains jours, son café embaume les escaliers jusqu'au rez-de-chaussée. Les voisins sont habitués. Quelques-uns se permettent même de venir boire un « p'tit noir » le samedi ou le dimanche après-midi.

Maryse sonne. Émeline ouvre la porte et la fait entrer. Elles s'installent sur le canapé.

— Tu as l'air épuisé ma chérie, remarque la vieille dame.

— Je ne dors pas beaucoup. Je suis folle d'inquiétude pour Léo.

— Que se passe-t-il ?

L'eau dans la cafetière commence à frétiller. Quand elle bouillonne, signal que le café est prêt, Émeline éteint le gaz. Elle sert deux tasses d'un café bien noir et les pose sur la table basse. Maryse sourit. Cette odeur lui apporte un peu de réconfort.

— Il a disparu depuis jeudi.

La mère se tourne brutalement vers sa fille en haussant les sourcils.

— Quoi ? Mais pourquoi tu ne m'as rien dit ?

Celle-ci lui raconte ce qu'ils vivent depuis ces cinq jours et termine par la visite de l'inspecteur.

— En bref, ils n'ont rien. J'ai l'impression qu'ils commencent seulement à s'inquiéter et à faire des recherches. Comment était-il quand il a dormi chez toi ? Tu m'as tout dit ?

Émeline est éberluée. Elle semble toute tassée sur son canapé.

— Oui. On a dîné comme d'habitude en se racontant nos vies… Il m'a beaucoup parlé de la Norvège. Ce pays l'a vraiment marqué. Je ne serai pas étonnée qu'il y vive un jour. Puis tout à coup, il s'est figé. Il m'a dit se souvenir enfin de ce qu'il lui était arrivé la veille pendant ce si gros orage que nous avons eu. Puis il est redevenu comme avant et nous sommes passés à autre chose. Le lendemain matin, il m'a dit qu'il allait dans Paris chercher des idées pour son Escape Game. Il envisageait aussi de visiter les Catacombes. Il avait l'air heureux et détendu.

Émeline préfère ne pas raconter l'épisode du chien qui a eu lieu pendant la nuit. Ça n'aidera en rien pour retrouver Léo et, surtout, elle ne veut pas effrayer encore plus sa fille. Celle-ci est déjà bien assez inquiète comme ça.

— Et Émilie n'a pas de nouvelles non plus ?
— Non, rien. De toute façon, il n'a pas son téléphone.

— Ah oui, c'est vrai. Elle qui sait tout de lui, elle n'a pas une idée ?

— Non, la pauvre. Elle est allée faire une déposition au commissariat pour essayer de les aider. Elle fait le tour des endroits où ils ont l'habitude d'aller et contacte leurs amis communs. Pour l'instant, elle n'a rien trouvé. Tu es sûre qu'il ne s'est rien passé d'autre ?

La vieille dame regarde ses doigts qu'elle frotte sur son pantalon, d'un air gêné.

— Allez ! Dis-moi !

— Bon d'accord, il s'est passé autre chose.

Maryse bout littéralement sur place. Elle se lève pour marcher de long en large dans le petit salon. À deux doigts de hurler sur sa mère, elle parvient à se contenir.

Émeline lui raconte l'épisode du chien la nuit où Léo a dormi chez elle.

— Ça n'a sûrement pas de rapport. Il allait très bien quand il m'a quittée.

— Tu ne trouves pas que ça fait beaucoup avec ce qu'il lui est arrivé sous la pluie ? Et s'il retombait en dépression ?

— Mais non, rien à voir. C'est sûrement une grosse fatigue. Il a besoin de se poser après tous ses voyages. Il est juste un peu déboussolé.

Cette tentative de la rassurer ne convainc pas Maryse qui lance un regard noir à sa mère.

— Il faut essayer de ne pas trop t'inquiéter. Vous seriez déjà prévenus s'il lui était arrivé quelque chose. Il doit être en train de faire la fête quelque part ou de traîner dans Paris. D'après ce que tu m'as dit, ce policier a l'air sérieux. Sinon, il n'aurait pas reçu Émilie et ne serait pas venu te voir chez toi. Viens, allons faire un tour.

Les deux femmes marchent vers les jardins partagés.

Chapitre 28

Jacques est de plus en plus inquiet au sujet de Léo. Il essaie de ne pas le montrer à sa femme, mais il passe une grande partie de ses nuits les yeux grands ouverts à imaginer plein de choses. Il refuse obstinément de prendre des somnifères. Il a trop peur de rester accro toute sa vie.

Ses journées sont d'autant plus longues et il a un mal fou à se concentrer. Ses élèves sont adorables mais gérer une classe de 28 élèves quand on n'a pas dormi de la nuit et que son fils a disparu … cela tient de l'exploit. Malgré tout, il arrive à peu près à donner le change. Les enfants ont juste un peu plus d'interrogations écrites et de dictées que d'habitude. Lui qui d'ordinaire fait rentrer sa classe la première à chaque récréation, est maintenant le dernier. Les élèves, étonnés au début, sont ravis. Ils sont aussi les premiers à sortir le midi et le soir. Jacques ne passe plus par la salle des professeurs où tous échangent en fin de journée sur tout et rien, les problèmes rencontrés, les évènements importants arrivés à des élèves ou dans leur famille.

Il rentre chez lui sitôt la classe finie. Il se rue sur son ordinateur et poursuit ses recherches : faits divers, témoignages de familles ayant aussi vécu la disparition d'un proche.

Il sait bien qu'il a très peu de chances d'avoir des nouvelles de Léo par ce biais mais ne peut pas rester sans rien faire. Quand il a fait le tour d'Internet, il part marcher. Il se dit qu'il finira bien par tomber sur son fils…

Son téléphone sonne. Il fait un bond et s'empresse de répondre. C'est Henry.

— Salut mon vieux ! Comment ça va ? Toujours rien ?

— Non, rien du tout. Je deviens fou.

— Et Maryse, elle tient le coup ?

— Oh tu sais : on fait semblant du mieux qu'on peut chacun de notre côté mais ce n'est pas brillant.

— C'est normal. Venez dîner ce soir. Ça vous changera les idées.

— Bonne idée. J'en parle à Maryse et je te rappelle.

À l'instant même où il appuie sur la touche du numéro de sa femme, son portable sonne à nouveau : numéro inconnu. Il n'aime pas ça. D'ordinaire, il ne répond pas et attend d'écouter le message, s'il y en a un, pour savoir de quoi il retourne. Mais là, il doit répondre. On ne sait jamais…

— Allô ! Allô ? Répondez. Qui êtes-vous ? C'est toi Léo ?

Aucune réponse à l'autre bout du fil. Il attend quelques secondes et raccroche. C'est quand même étrange. La sonnerie retentit à nouveau. Il décroche aussitôt.

— Bonjour Monsieur. Nous vous proposons une affaire en or…

— Laissez-moi tranquille !

La personne a à peine le temps de finir sa phrase que Jacques raccroche violemment. L'invitation d'Henry pour ce soir lui revient à l'esprit. Il appuie sur la touche « Maryse ».

— Que se passe-t-il ?

Maryse est tellement sur les nerfs qu'elle oscille entre panique et espoir en deux secondes dès qu'elle voit le numéro de son mari s'afficher.

— Calme-toi chérie. Rien de nouveau. Henry et Lucie nous proposent de dîner chez eux ce soir.

— Pourquoi pas. Ça nous épargnera une soirée de plus à regarder n'importe quoi à la télé, tellement obnubilés par l'attente d'un coup de fil qu'on ne sait même pas ce qu'on a regardé en se couchant.

Jacques entend une voix.

— Tu es avec qui ?

— Je suis passée voir Émeline et nous nous promenons dans les jardins à côté de chez elle. Elle te fait une bise.

— Embrasse-la aussi. Je t'attends à la maison pour partir chez Lucie et Henry.

— D'accord, je serai là d'ici une heure environ. À tout à l'heure.

— À tout à l'heure. Je t'aime.

Jacques confirme leur venue à Henry. Il est content de sortir un peu de chez lui. Henry est son meilleur ami depuis des années. Ils font souvent du vélo et du squash pour se maintenir en forme et tenir à distance la fameuse bouée qui les rattrape !

En attendant Maryse, il décide d'emmener Rio dans le parc à côté.

Son cerveau tourne à cent à l'heure. Pour la millième fois, il se demande ce qu'ils ont raté pour que Léo ait envie de les fuir. Contrairement à sa femme, il est persuadé qu'il s'agit d'une fugue. À force de tourner et retourner les questions dans sa tête, il a réussi à se convaincre que son fils a besoin d'air, de vivre sa vie. Jacques ne se rend même pas compte de l'absurdité de son raisonnement : le jeune homme a déjà beaucoup voyagé et est libre : pas besoin de s'enfuir à son âge.

S'il était blessé ou pire ... nous aurions été prévenus. Son signalement a été diffusé partout. Maryse a bien fait d'aller au commissariat finalement. Je ne crois pas à l'enlèvement non plus. Nous ne sommes pas riches et nous aurions été contactés depuis le temps. Il ne reste que l'hypothèse de la fugue. Pourtant tout allait bien ces derniers temps. Je pensais que nous avions bien géré les crises tous les trois et que c'était du passé. Peut-être qu'il est tombé aveuglément amoureux d'un voyou qui l'a entraîné dans ses aventures. Il est peut-être « séquestré volontairement ». Comme il n'a pas son téléphone, il ne peut pas nous prévenir. Son copain qui a peur de la police l'empêche de passer nous voir. Il faut que j'arrête de me faire des films. Ça ne rime à rien. Je suis ridicule.

— Rio ! Rio ! Viens, on rentre mon chien.

Chapitre 29

Émilie s'en veut. Elle n'a pas tout dit à propos de Léo. Ça fait plusieurs mois qu'il va mal et le cache à tout le monde, sauf à elle.

Quand il était en Norvège, il habitait dans une auberge de jeunesse. Il s'est fait des copains là-bas et est même tombé amoureux. Il était fou d'un homme plus vieux que lui qui lui faisait miroiter une vie merveilleuse. En fait de merveilles, il l'a rendu accro à l'alcool et surtout l'a initié à la drogue. Léo a commencé à fumer, il ne savait pas trop quoi. Il avait des réactions détonantes avec l'alcool. Il délirait complètement. Il appelait Émilie à n'importe quelle heure du jour ou de la nuit et lui racontait des histoires à dormir debout. Il voyait des trolls partout.

Émilie a tout fait pour le convaincre de revenir mais rien à faire. Le « clan » en face avait bien trop d'influence sur lui. Au bout de quelques semaines, elle a décidé de le rejoindre. Il n'a jamais voulu lui dire où il se trouvait. Elle maintenait le lien, tant bien que mal, avec des messages plusieurs fois par jour, attendant parfois des heures avant qu'il réponde. Elle n'a jamais eu le courage de prévenir ses parents ou ceux de Léo : elle pensait que ces derniers ne s'en remettraient pas.

Maintenant, elle mesure l'erreur qu'elle a commise.

L'aventure norvégienne a duré trois mois. Un matin, Léo s'est réveillé tout seul, sans un centime en poche. Son « amoureux » avait déguerpi pour d'autres aventures. Léo a mis une semaine à refaire surface. Émilie lui a envoyé un peu d'argent, juste pour qu'il puisse rentrer. Arrivé à Paris, c'était une épave. Il l'a suppliée de l'aider, incapable d'affronter ses parents dans cet état. Elle l'a logé dans l'appartement d'une copine partie en vacances. Elle restait près de lui le plus possible, le temps qu'il reprenne des forces physiques et morales. Un matin en arrivant dans l'appartement, elle l'a trouvé chantant à tue-tête en lavant par terre. Il était miraculeusement redevenu lui-même et a pu retourner chez ses parents deux jours après. Ni l'un ni l'autre n'ont jamais reparlé de cette « parenthèse ».

Léo a tout fait pour s'en sortir et Émilie y croyait avec son projet d'Escape Game. Elle remarquait ses absences, ses réflexions complètement à côté de la plaque, sa tristesse. Mais que faire face à ça ? Les autres ne voyaient rien, tout au plus le trouvaient-ils fatigué ou distrait parfois.

Maintenant elle regrette de ne pas avoir tiré le signal d'alarme. Elle ne sait plus quoi faire : elle a menti aux parents de Léo et aux siens, à la police. Son ami est peut-être retourné à ses vieux démons. Peut-être retombé entre de mauvaises mains. Peut-être malade au fond d'un squat ou mort...

Il faut qu'elle réagisse. Elle doit raconter ce qui s'est réellement passé en Norvège. Elle appelle sa mère.

— Maman ?

— Oui ma chérie. Qu'est-ce qui se passe ?

— Tu peux demander aux parents de Léo de venir ce soir ?

— Justement papa les a invités à dîner, mais pourquoi ?

— Il faut absolument que je vous parle de lui.

Émilie marche de long en large en rongeant avec frénésie l'ongle de son pouce.

— Tu vas bien Lili ? demande Lucie d'un air inquiet.

Elle ne comprend rien à ce que lui raconte sa fille.

— Oui, mais, s'il te plaît maman, dis-leur de venir. J'arrive.

Émilie raccroche. Elle envoie un énième message à Léo avant de se rappeler qu'il n'a toujours pas son téléphone.

Arrivée chez ses parents, elle s'effondre dans les bras de sa mère. Ses propos sont incompréhensibles. Lucie et Henry la consolent comme ils peuvent. Ils commencent à s'inquiéter sérieusement pour Léo.

Enfin, Maryse et Jacques arrivent. Émilie s'est suffisamment calmée pour leur raconter de façon cohérente tout ce qu'elle sait du voyage en Norvège de Léo et de son retour.

Les quatre amis se regardent éberlués. Ils ne comprennent pas pourquoi elle n'a rien dit. Les parents de Léo se demandent comment ils ont encore pu ne pas voir les problèmes de leur fils et surtout en veulent à la jeune fille. Jacques est rouge de colère et s'adresse à Émilie en hurlant.

— Mais pourquoi as-tu fait ça ? Tu DEVAIS nous prévenir. C'est notre fils, quand même !

Émilie se réfugie dans les bras de son père en sanglotant.

— Je … Je ne sais pas ce qui m'a pris. Je croyais bien faire.

Henry prend la parole.

— Ce qui est fait, est fait. On en parlera quand tout sera terminé. Le plus important est de retrouver Léo le plus vite possible. Émilie : il faut que tu réfléchisses. Où a-t-il l'habitude d'aller seul ou avec toi ? A-t-il recommencé à boire ? La drogue ?

— Non, je ne crois pas. Depuis un mois, il est focalisé sur son projet d'Escape Game. Il adore se promener au bois de Vincennes. Sinon, il aime toujours autant découvrir ou redécouvrir les quartiers de Paris.

— Tu n'as pas plus précis ? demande Jacques, d'un ton agressif.

— Il y a aussi les bords de Marne où on se réfugiait tous les deux pour refaire le monde.

— C'est où, ça ? Encore un secret ?

Henry fait signe à son ami de se calmer. Pour l'instant, il faut qu'ils soient soudés. On cherchera les « responsabilités », s'il y en a, plus tard.

— Allez, on y va. Montre-nous le chemin, Émilie.

Soulagée de ce poids tellement lourd et désireuse de se faire pardonner, la jeune fille part d'un pas rapide. Ils marchent tous les cinq en direction de la Marne. Ils arrivent près du « refuge » des deux amis mais Léo n'est pas là. Ils tournent un long moment dans les environs, mais toujours rien. Émilie ne sait plus quoi dire ni quoi faire. Ils retournent chez Lucie et Henry attendre l'hypothétique retour de Léo.

Chapitre 30

Léo a les traits creusés, les cernes envahissent son visage. Il marche inlassablement depuis presque une semaine, quasiment sans manger. Des passants ont pitié de lui et lui donnent un morceau de pain, une tranche de jambon ou du chocolat. Un monsieur lui offre même une de ces boîtes de pâtes qui se réchauffent toutes seules. C'est un vrai festin ce jour-là. Il a failli en être malade. Heureusement qu'il est tellement fatigué et obsédé par la recherche de son code, qu'il mange lentement, en plusieurs fois.

Les fontaines installées dans les rues de Paris lui sauvent la vie. Dès qu'il en voit une, son instinct de survie le pousse à boire.

Ses habits sont sales, déchirés. Il est tellement faible qu'il perd l'équilibre et se retrouve par terre, sans plus savoir ce qu'il fait là. Il se roule en boule, serre sa tête entre ses deux mains. Il a l'impression d'être dans un étau. Il a des bouffées de chaleur.

Il est à peine conscient de tout ça. Seuls comptent pour lui les nombres qu'il note consciencieusement dans son carnet.

Arrivé devant un arrêt de bus, il monte par la porte arrière dans le premier véhicule qui attend l'heure de partir. Le chauffeur discute avec un de ses collègues et ne s'aperçoit de rien. Léo se blottit au fond d'un siège et s'endort.

Des passagers montent ou descendent au fil des arrêts. Personne ne s'aventure dans le fond du bus. Il faut dire que Léo dégage une odeur peu attirante.

Arrivé au terminus, les deux derniers passagers descendent. Le chauffeur inspecte son bus et découvre Léo endormi.

— Monsieur ? Monsieur ? Il faut descendre maintenant. Je ne vais pas plus loin.

Pas de réaction. Il est habitué. Il ne se passe pas une semaine sans qu'il retrouve un homme installé sur les sièges du fond pour dormir à l'abri.

Il secoue l'épaule de Léo.

— Allez ! C'est fini maintenant, dehors !

Léo écarquille les yeux.

— Bon, je cherche le dernier nombre.

— C'est ça. Fous-toi de moi. Allez ouste, je te dis de sortir.

Léo se lève d'un pas lourd et peine à sortir du bus. Le chauffeur le rappelle.

— Eh ! Ton sac !

Et il le lance sur le trottoir. Léo se jette dessus comme si sa vie en dépendait. Il l'ouvre et sort son petit carnet. Il vérifie que les nombres y sont toujours bien notés. Satisfait, il repart pour son aventure.

Bon, je cherche le cinquième nombre. Je cherche le cinquième nombre.

Après une bonne demi-heure de marche, il se retrouve sur les bords de Marne. Il connait bien cet endroit. Il faisait de l'aviron au club de Nogent.

Les bords de Marne étaient aussi leur refuge avec Émilie ou avec ses copains. Personne ne venait les chercher là et ils pouvaient discuter, crier, chanter, rire autant qu'ils voulaient. Ils ne dérangeaient personne. C'est là qu'il a fumé sa première cigarette, son premier joint, bu sa première bière. C'est aussi là qu'il a embrassé son premier petit copain, à l'abri des regards.

Et surtout, ils ont passé des heures à refaire le monde avec Émilie sur cette pelouse, abrités sous les arbres. Ils admiraient les hérons perchés sur leurs longues pattes, attiraient les écureuils avec de petits morceaux de gâteaux et chassaient les rats qui passaient un peu trop près d'eux.

Il s'installe exactement au même endroit. Il se déshabille et saute dans la Marne. L'eau est délicieuse, surtout après tous ces jours sous la chaleur. Il ressort et entreprend de laver ses habits.

Les rares passants détournent la tête devant ce jeune, allongé en caleçon sur la pelouse avec ses habits qui sèchent sur les arbres.

Léo est heureux. Il regarde le ciel, toujours aussi bleu. Il aimerait voir Émilie. Elle lui manque et il a tant de choses à lui raconter.

Bon, je vais lui expliquer comment trouver le crâne en or. Elle va chercher le dernier nombre avec moi et elle comprendra tout. Notre Escape Game sera le plus recherché de tout Paris. Je deviendrai riche. Je pourrai rembourser à papa et maman tout l'argent qu'ils ont dépensé pour moi. J'adopterai un bébé pour qu'ils soient heureux de devenir grands-parents.

Un merle se pose sur une branche près de ses habits. Il se lève d'un bond et fait fuir l'oiseau. Il récupère ses affaires et se rhabille. Il s'adosse à l'arbre et poursuit sa rêverie.

Chapitre 31

De retour chez eux, Henry prépare le repas pendant que Lucie met leurs amis à l'aise et leur sert à boire. Émilie ne sait pas quoi faire. Elle se sent terriblement coupable. Jacques rejoint son copain dans la cuisine.

— Je ne comprends pas pourquoi ta fille a fait ça. Je la croyais plus mature. Elle a mis la vie de mon fils en danger.

— Elle a voulu le protéger et ne pas vous inquiéter. Il ne faut pas lui en vouloir, elle a cru bien faire. Tu sais ce que c'est les gosses : ils pensent toujours faire mieux que les autres et avoir la science infuse.

— Je sais bien mais t'avouera que c'était pas malin. Surtout connaissant le passé de Léo.

Maryse et Lucie discutent toutes les deux dans le salon. Émilie n'a qu'une envie : partir à la recherche de Léo.

— Maman ?

— Oui ma chérie. Qu'est-ce qu'il y a ?

— Je ressors. Je vais essayer de trouver Léo.

— Non, pas question. Je ne veux pas que tu te retrouves toute seule la nuit sur les bords de Marne. Il y a une sacrée faune là-bas. Il ne manquerait plus qu'il t'arrive quelque chose. Tu pourras y retourner demain matin. Papa t'accompagnera.

— Je monte dans ma chambre.

— Reste manger avec nous.

— J'ai pas faim. Á demain.

Elle fait un signe de la main à Maryse et monte dans sa chambre. Elle passe un long moment au téléphone avec Lucas puis avec ses amis à chercher, encore et encore, un indice qui pourraient les mettre sur la piste de Léo. Tous leurs amis communs ont déjà passé des heures à le rechercher. Son histoire est sur tous les réseaux sociaux depuis le début. Mais rien. Pas la moindre trace. À croire qu'il s'est volatilisé.

La police ne se manifeste toujours pas. Le fameux Marius doit avoir d'autres chats à fouetter. Rechercher un jeune homme qui n'est pas rentré chez lui n'est pas dans ses priorités. Il le leur a pourtant bien expliqué. Un adulte majeur a le droit de disparaître sans laisser de traces et sans jamais donner de nouvelles.

Le lendemain, elle se réveille au lever du jour. Elle se prépare sans bruit et sort de la maison. Ses parents dorment encore. Elle veut être seule quand elle trouvera Léo. Elle est persuadée qu'aujourd'hui sera la fin du calvaire.

L'air est déjà chaud. Elle traverse les rues désertes. Un homme promène son chien en sifflotant. Émilie ne répond pas à son bonjour, pressée qu'elle est d'arriver à son but. La Marne s'écoule lentement, sans remous. Le héron est là, comme d'habitude, sur la petite île au milieu du fleuve. Émilie veut y voir un signe positif.

Il est forcément par là. Je vais le trouver et le ramener chez lui. Tout ça ne sera plus qu'un mauvais souvenir. Il pourra ouvrir son Escape Game et sera heureux.

Elle passe à côté d'un homme qui dort recroquevillé sur lui-même au bord de l'eau sans y prêter attention. Quelques pas plus loin, elle s'arrête. Quelque chose l'interpelle. Elle retourne sur ses pas et s'approche de la forme allongée. Le sac à dos est le même que celui de Léo ! Elle regarde de plus près, mais les bras de l'homme cachent son visage.

Ce n'est pas possible. Ça ne peut pas être lui, pas dans cet état. Il y a des tas de gens qui ont le même sac.

Elle repart, revient. Cette fois, elle trouve le courage de s'approcher. Elle ne veut pas encore être accusée de ne pas avoir agi.

Elle attrape l'un des bras, le soulève doucement et le relâche aussitôt. Elle n'est pas sûre. Elle recommence

— Léo ? Léo, c'est toi ?

L'homme sursaute et se lève d'un bond. Il serre son sac dans ses bras et semble terrorisé.

— Léo. Calme-toi. C'est moi. Émilie.

Il est tremblant et tombe soudain à genoux. Elle se met à sa hauteur et commence à le prendre tout doucement dans ses bras. Il se laisse faire. Des larmes coulent sur ses joues laissant des traînées grisâtres.

Elle le berce et lui murmure des paroles de réconfort. Peu à peu, il se détend et … s'endort contre elle.

Chapitre 32

Ils restent une bonne heure sans bouger. Émilie n'ose même pas se dégourdir les bras et les jambes. Elle commence à avoir des fourmis.

Je suis sûre qu'on l'a manqué de peu hier soir. On aurait dû chercher plus longtemps. Il faut que je les prévienne. Ils vont s'inquiéter.

Assise, elle n'arrive pas à attraper son portable dans la poche arrière de son jean. Le héron semble la narguer du haut de son promontoire. Des mouettes passent en s'invectivant.

Léo bouge enfin et ouvre les yeux.

— Lili ? Qu'est-ce que tu fais là ? Tu as trouvé le dernier nombre, c'est ça ?

Émilie ne comprend rien. Elle n'a pas le temps d'ouvrir la bouche que Léo se met à tout lui raconter.

Son chien, Rio, qui a voulu le mordre quand il dormait chez Émeline, sa grand-mère.

Le crocodile qu'il a combattu.

L'araignée qui tisse sa toile.

L'immeuble dont le toit s'écarte et qui s'effondre.

L'aiguille dans son bras à l'hôpital.

La nouvelle place de la Nation.

— Bon, il faudra que tu fasses les photos, tu sais.

Émilie a complètement décroché de l'histoire que Léo lui-même a bien du mal à raconter. Tout se mélange dans sa tête. Elle est sidérée.

— Je vais devenir riche. Papa et maman seront fiers de moi. Bon, je vais pouvoir leur donner un petit-fils. Mais avant il faut trouver le $5^{\text{ème}}$ nombre. Tu veux bien m'aider ?

— Bien sûr. Mais c'est quoi ce nombre ?

Léo se lève, tourne sur lui-même en pointant des arbres du doigt.

— 1 – 2 – 3 – 4 – 5 – 6. Voilà : six, c'est ça.

Il attrape son petit carnet et note :

$\boxed{5} = 6$

Il le referme soigneusement et le remet tout au fond de son sac. Émilie ne fait pas un geste. Elle est littéralement figée sur place, muette d'incrédulité. Elle ne pense même pas à appeler ses parents. Son sac refermé, Léo revient se blottir contre elle. Il ferme les yeux en souriant.

Elle réagit enfin et se contorsionne pour attraper son portable.

— Papa ? J'ai retrouvé Léo !

— Où ça ?

— Là où nous sommes passés hier soir. Je suis sûre qu'on l'a loupé de peu.

— Ne bougez pas. J'arrive !

— Non, non. T'inquiète. Il va bien. On rentre à pied. On est là dans une demi-heure. Préviens ses parents.

Elle raccroche sans attendre la réponse d'Henri. Elle veut redonner meilleure allure à Léo avant de rentrer. Elle le secoue.

— Allez, maintenant il faut rentrer. Tu vas te passer la figure à l'eau et on y va.

Pas de réaction. Elle lui tend sa bouteille qu'elle emporte partout.

— Bois un coup. Ça va te faire du bien. Et on rentre à la maison.

À ces mots, le corps de Léo devient lourd. Complètement inerte. Puis tout d'un coup, il saisit la bouteille, l'ouvre et verse de l'eau un peu partout. Puis il redevient immobile. Puis il reverse de l'eau et ainsi de suite.

Émilie est désemparée. Elle ne sait pas quoi faire et regrette d'avoir dit à son père de ne pas venir.

À force de patience, elle parvient à mettre Léo debout. Mais il n'avance pas. Il semble peser des tonnes. Chaque pas est un effort.

Il faut qu'ils y arrivent alors elle ne lâche rien et le tire pour qu'il avance.

— Émilie !

Son père est au bout du chemin. Il se précipite vers eux et soutient Léo. Émilie rit de soulagement à travers ses larmes et tous les deux parviennent à ramener Léo.

Maryse et Jacques arrivent en même temps qu'eux et les accueillent avec une joie teintée d'inquiétude à la vue de leur fils.

Épilogue

Dix-huit mois sont passés. « Les nombres », le nouvel Escape Game à la mode vient d'ouvrir ses portes.

Léo a passé une semaine dans une unité psychiatrique d'urgence. Le diagnostic a été rapide : Bouffées Délirantes Aigües ou BDA. Trouble bien connu du monde psychiatrique. Phénomène soudain et brutal. Symptômes avant-coureurs : insomnie ou anxiété pour certains. Cela se traduit par des idées délirantes, des hallucinations, un comportement désorganisé dont le patient n'a pas conscience. Une perception de la réalité modifiée. Touche plutôt les moins de trente ans. Atteint des personnes n'ayant jamais manifesté de troubles psychiques auparavant. Provoque de l'anxiété chez le malade pouvant l'entraîner vers le suicide. Peut durer quelques semaines mais les symptômes cessent rapidement avec la prise du traitement adéquat.

Léo a été déboussolé pendant plusieurs mois. Il a frôlé la dépression, souvent consécutive à la prise du traitement contre la BDA. Le traitement arrêté, il a repris une vie presque normale. La présence et l'attention de ses parents, ainsi que de leurs amis de toujours, ont énormément contribué à sa guérison.

L'Escape Game de ses rêves a ouvert. Son associée l'a aidé à monter son projet. Émilie a mis de côté, un peu plus longtemps que prévu, ses propres ambitions pour l'aider à construire ce qui lui tenait tant à cœur. Elle envisage même de continuer sur cette voie et, pourquoi pas, d'ouvrir un deuxième lieu avec Léo. Cette fois, ils pourraient utiliser le rêve du jeune garçon dans les catacombes. Joe s'est rapproché d'eux pour les soutenir, notamment pour toute la partie administrative. Il est devenu l'un de leurs plus proches amis.

En allant à un de ses rendez-vous à l'hôpital, Léo a revu l'infirmière qui s'était tant inquiétée pour lui. Elle l'a reconnu tout de suite et lui a demandé des nouvelles. Il s'est excusé d'avoir disparu sans prévenir et lui a expliqué ce qu'il vivait pendant cette période. De son côté, l'infirmière l'a remercié. Elle s'est dit que s'il était arrivé quelque chose à son fils, elle n'aurait même pas été là pour lui. Grâce à cette histoire, elle a pris du recul et réalisé que sa famille est plus important que son métier. Son couple ne s'est pas reformé mais elle voit son fils régulièrement et lui consacre plus de temps.

Léo se souvient de presque tout ce qu'il a fait pendant ses jours d'errance. Il ne comprend toujours pas comment il a pu agir de cette façon. Aujourd'hui, les deux familles sont réunies pour fêter le Nouvel An. Tous sont vigilants. Dès que Léo a un comportement un peu étrange, leurs cœurs battent plus vite. C'est vrai qu'il est encore fragile. Les médecins assurent que cet épisode douloureux est terminé mais comment savoir avec les maladies psychiatriques ?

Table des matières

Prologue 1
Chapitre 1 7
Chapitre 2 11
Chapitre 3 15
Chapitre 4 21
Chapitre 5 25
Chapitre 7 39
Chapitre 8 47
Chapitre 10 57
Chapitre 11 61
Chapitre 13 71
Chapitre 15 81
Chapitre 16 85
Chapitre 18 95
Chapitre 19 99
Chapitre 20 107
Chapitre 21 115
Chapitre 22 121
Chapitre 23 125
Chapitre 24 133
Chapitre 25 139
Chapitre 26 143
Chapitre 27 149
Chapitre 32 175
Épilogue 179